STS
山田社

STS
山田社

STS
山田社

STS
山田社

考試分數大躍進
累積實力
百萬考生見證
應考秘訣

5

根據日本國際交流基金考試相關概要

隨看 隨聽
朗讀QR code
線上下載學習更方便

精修 重音版

絕對合格 日檢必背單字

N5

新制對應！

吉松由美
小池直子 ◎合著

前言
preface

為因應眾多讀者及學校的熱烈要求，
《精修重音版 新制對應 絕對合格！日檢必背單字 N5》
隆重推出「QR Code 線上音檔 + MP3 版」了。

除了可以聆聽隨書附贈的「實戰 MP3」音檔之外，
還可以手機隨掃即聽 QR Code 行動學習音檔，迅速累積實力！

交叉學習！

N5 所有 712 單字 × N5 所有 184 文法 × 實戰光碟 ×QR Code 線上音檔

全新四合一學習法，霸氣登場！

單字背起來就是鑽石，與文法珍珠相串成鍊，再用聽力鑲金加倍，
史上最貪婪的學習法！讓您快速取證、搶百萬年薪！

《精修版 新制對應 絕對合格！日檢必背單字 N5》再進化出重音版了，精彩內容有：

1. 精心將單字分成：主題圖像場景分類和五十音順。讓圖像在記憶中生根，記憶快速又持久，再加上圖像式重音標記，讓您在腦中馬上記住單字的重音念法！
2. 例句加入 N5 所有文法 184 項，單字・文法交叉訓練，得到黃金的相乘學習效果。
3. 例句主要單字上色，單字活用變化，一看就記住！
4. 主題分類的可愛插畫、單字豆知識藏寶盒、圖文小遊戲、補充説明等，讓記憶力道加倍！
5. 分析舊新制考古題，補充類義詞、對義詞學習，單字全面攻破，內容最紮實！

單字不再會是您的死穴，而是您得高分的最佳利器！史上最強的新日檢 N5 單字集《隨看隨聽 朗讀 QR Code 精修重音版 新制對應 絕對合格！日檢必背單字

N5》，是根據日本國際交流基金（JAPAN FOUNDATION）舊制考試基準及新發表的「新日本語能力試驗相關概要」，加以編寫彙整而成的。除此之外，本書精心分析從 2010 年開始的新日檢考試內容，增加了過去未收錄的 N5 程度常用單字，加以調整了單字的程度，可說是內容最紮實的 N5 單字書。無論是累積應考實力，或是考前迅速總複習，都能讓您考場上如虎添翼，金腦發威。

「背單字總是背了後面忘了前面！」「背得好好的單字，一上考場大腦就當機！」「背了單字，但一碰到日本人腦筋只剩一片空白鬧詞窮。」「單字只能硬背好無聊，每次一開始衝勁十足，後面卻完全無力。」「我很貪心，我想要有主題分類，又有五十音順好查的單字書。」這些都是讀者的真實心聲！

您的心聲我們聽到了。本書的單字不僅有主題分類，還有五十音順，再加上插圖、單字豆知識及重音標記，相信能讓您甩開對單字的陰霾，輕鬆啟動記憶單字的按鈕，提升學習興趣及成效！

內容包括：

一、主題單字

1. **分類姬**—以主題把單字分類成：顏色、家族、衣物…等，不僅能一次把相關單字背起來，還方便運用在日常生活中。不管是主題分類增加印象，或五十音順全效學習，還是分類與順序交叉學習，本書一應俱全。請您依照自己喜歡的學習方式自由調整。

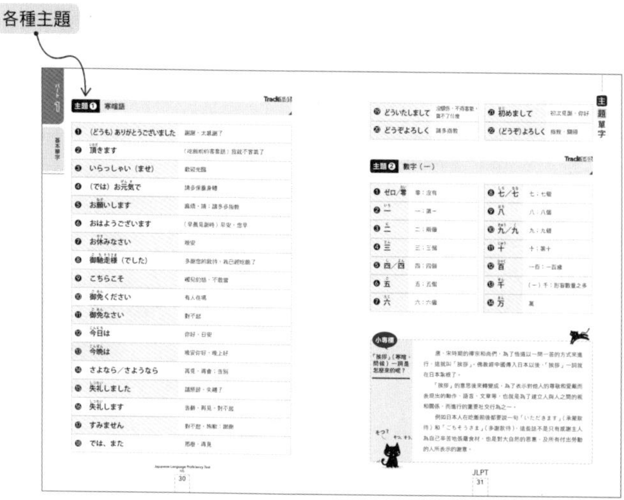

主題❶ 寒暄語 Track

❶	（どうも）ありがとうございました	謝謝・太感謝了
❷	頂きます	（吃飯前的客套話）我就不客氣了
❸	いらっしゃい（ませ）	歡迎光臨
❹	（では）お元気で	請多保重身體
❺	お願いします	麻煩・請；請多多指教
❻	おはようございます	（早晨見面時）早安・您早
❼	お休みなさい	晚安
❽	御馳走様（でした）	多謝您的款待，我已經吃飽了
❾	こちらこそ	哪兒的話・不敢當
❿	御免ください	有人在嗎
⓫	御免なさい	對不起
⓬	今日は	你好・日安
⓭	今晩は	晚安你好・晚上好
⓮	さよなら／さようなら	再見・再會；告別
⓯	失礼しました	請原諒・失禮了
⓰	失礼します	告辭・再見・對不起
⓱	すみません	對不起・抱歉；謝謝
⓲	では、また	那麼・再見
⓳	どういたしまして	沒關係・不用客氣・算不了什麼
⓴	どうぞよろしく	請多指教
㉑	初めまして	初次見面・你好
㉒	（どうぞ）よろしく	指教・關照

主題❷ 數字（一） Track

❶	ゼロ／零	零；沒有
❷	一	一；第一
❸	二	二；兩個
❹	三	三；三個
❺	四／四	四；四個
❻	五	五；五個
❼	六	六；六個
❽	七／七	七；七個
❾	八	八；八個
❿	九／九	九；九個
⓫	十	十；第十
⓬	百	一百；一百歲
⓭	千	（一）千；形容數量之多
⓮	万	萬

小專欄

「挨拶」（寒暄・問候）一詞是怎麼來的呢？

唐、宋時期的禪宗和尚們，為了悟道以一問一答的方式來進行，這就叫「挨拶」。佛教經中國傳入日本以後，「挨拶」一詞就在日本紮根了。

「挨拶」的意思後來轉變成，為了表示對他人的尊敬和愛戴而表現出的動作、語言、文章等，也就是為了建立人與人之間的親和關係，而進行的重要社交行為之一。

例如日本人在吃飯前後都要說一句「いただきます」（承蒙款待）和「ごちそうさま」（多謝款待），這些話不是只有感謝主人為自己辛苦地張羅食材，也是對大自然的恩惠，及所有付出勞動的人所表示的謝意。

Japanese Language Proficiency Test N5 30

JLPT 31

2. **遊戲姬**—主題單字區有著可愛的插畫，這些插畫並轉成單字小測驗，讓您加碼學習！插畫配合小測驗，不僅可以幫助您聯想、連結運用在生活上，由於自己寫過記憶最深刻，還能有效提升記憶強度與學習的趣味度喔！

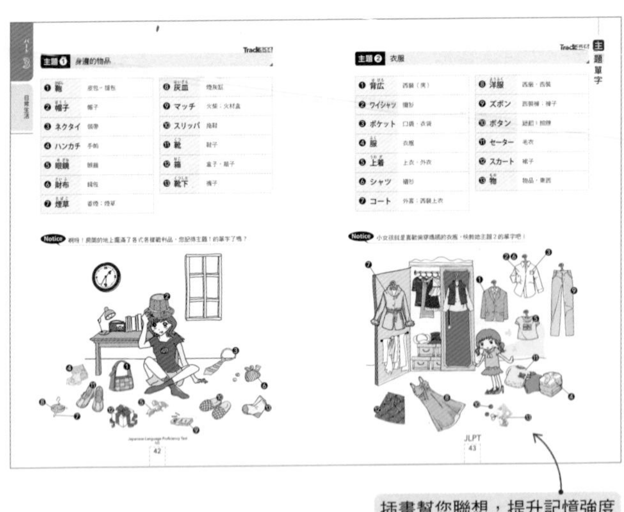

插畫幫您聯想，提升記憶強度

3. **藏寶姬**—您發現內頁的小專欄了嗎？這些都是配合 N5 程度精挑細選的知識小寶藏箱，每個寶箱都有著各式各樣的驚奇內容，都是跟該主題相關的小知識。小寶藏箱除了能讓您腦筋喘口氣，還能幫助您加運補氣更貼近日文，更深入日本。

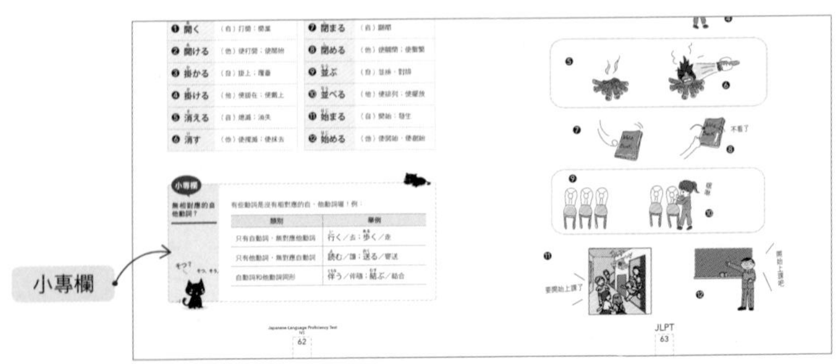

小專欄

Preface

二、單字五十音順

1. **單字王**—高出題率單字全面強化記憶：根據新制規格，由日籍金牌教師群所精選高出題率單字。每個單字所包含的詞性、意義、解釋、類・對義詞、中譯、用法、語源等等，讓您精確瞭解單字各層面的字義，活用的領域更加廣泛，還加上重音標記，幫您全面強化視、聽覺記憶，學習更上一層樓。

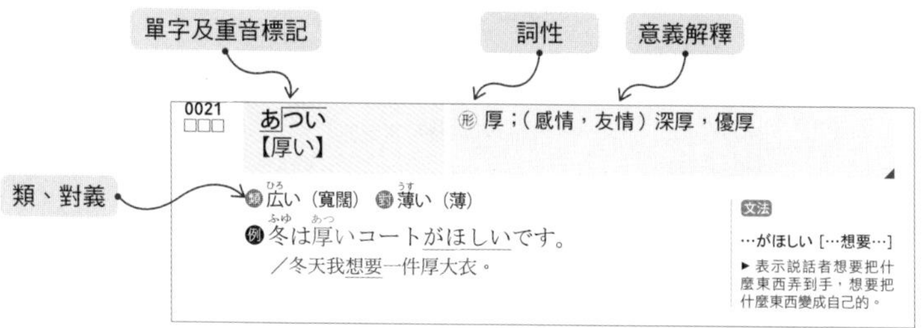

2. **文法王**—單字・文法交叉相乘黃金雙效學習：書中單字所帶出的例句，還搭配日籍金牌教師群精選 N5 所有文法，並補充近似文法，幫助您單字・文法交叉訓練，得到黃金的相乘學習效果！建議搭配《精修版 新制對應 絕對合格！日檢必背文法 N5》，以達到最完整的學習！

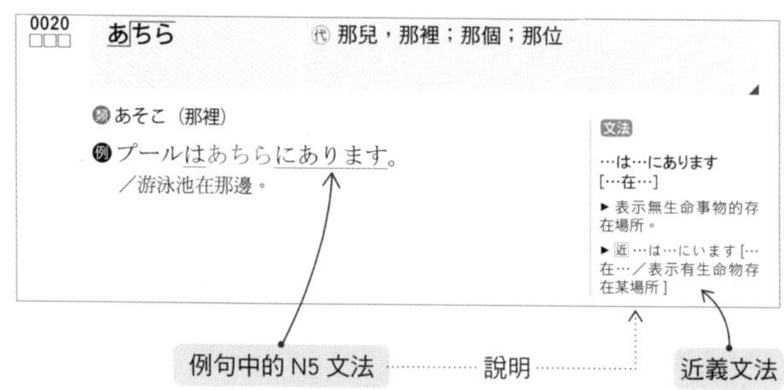

3. **得分王**—貼近新制考試題型學習最完整：新制單字考題中的「替換類義詞」題型，是測驗考生在發現自己「詞不達意」時，是否具備「換句話說」的能力，以及對字義的瞭解度。此題型除了須明白考題的字義外，更需要知道其他替換的語彙及說法。為此，書中精闢點出該單字的類義詞，並在**每個類・對義詞附上假名注音與中譯**，更能提升學習效率，方便閱讀。

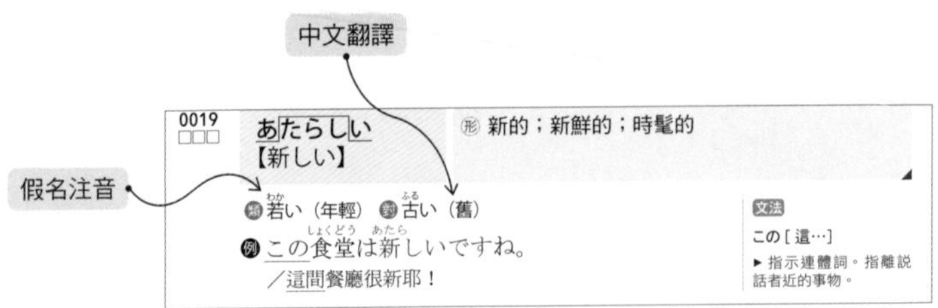

4. **例句王**—活用單字的勝者學習法：活用單字才是勝者的學習法，怎麼活用呢？書中每個單字下面帶出一個例句，例句精選該單字常接續的詞彙、常使用的場合、常見的表現、配合 N5 所有文法，還有時事、職場、生活等內容貼近 N5 所需程度等等。**從例句來記單字，加深了對單字的理解，對根據上下文選擇適切語彙的題型，更是大有幫助，同時也紮實了文法及聽說讀寫的超強實力。**

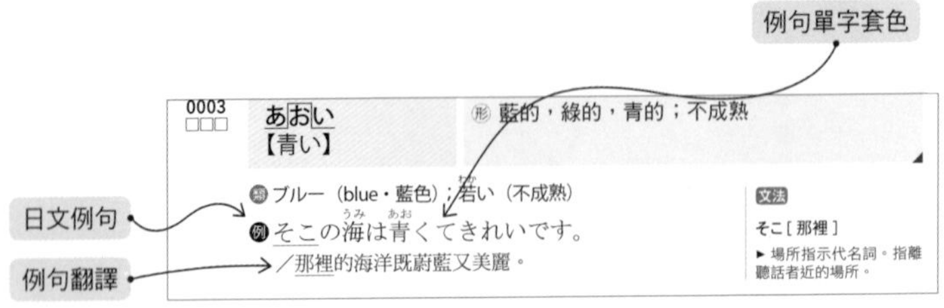

5. **測驗王**—全真新制模試密集訓練：本書最後附三回模擬考題（文字、語彙部份），將按照不同的題型，告訴您不同的解題訣竅，讓您在演練之後，不僅能立即得知學習效果，並充份掌握考試方向，以提升考試臨場反應。就像上過合格保證班一樣，成為新制日檢測驗王！如果對於綜合模擬試題躍躍欲試，推薦完全遵照日檢規格的《合格全攻略！新日檢 6 回全真模擬試題 N5 》進行練習喔！

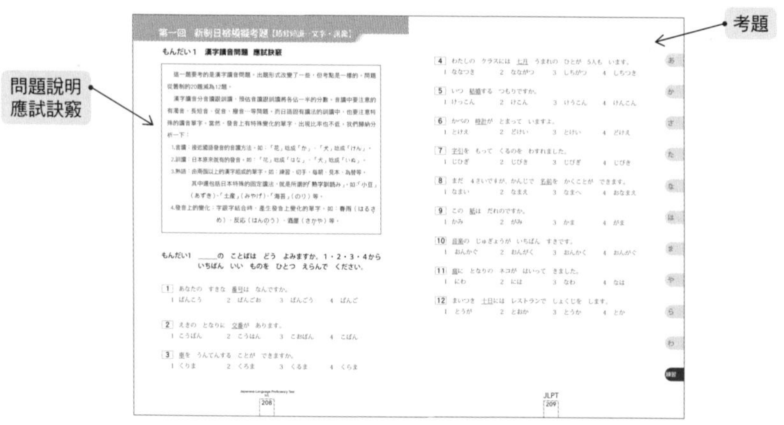

6. **聽力王**—合格最短距離：新制日檢考試，把聽力的分數提高了，合格最短距離就是加強聽力學習。為此，書中還附贈光碟，幫助您熟悉日籍教師的標準發音及語調，讓您累積聽力實力。為打下堅實的基礎，建議您搭配《精修版 新制對應 絕對合格！日檢必背聽力 N5》來進一步加強練習。

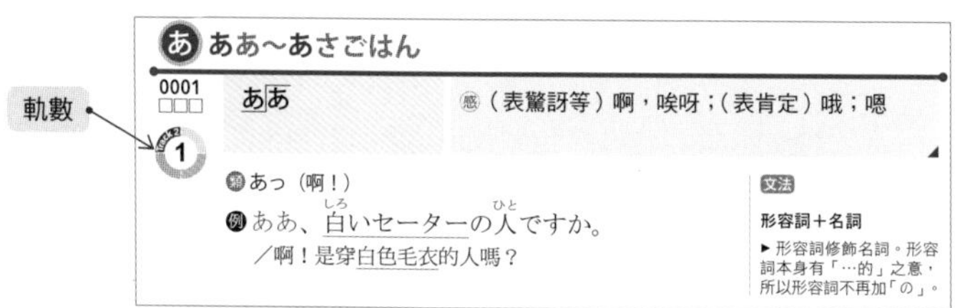

7. **計畫王**—讓進度、進步完全看得到：每個單字旁都標示有編號及小方格，可以讓您立即了解自己的學習量。每個對頁並精心設計讀書計畫小方格，您可以配合自己的學習進度填上日期，建立自己專屬讀書計畫表！

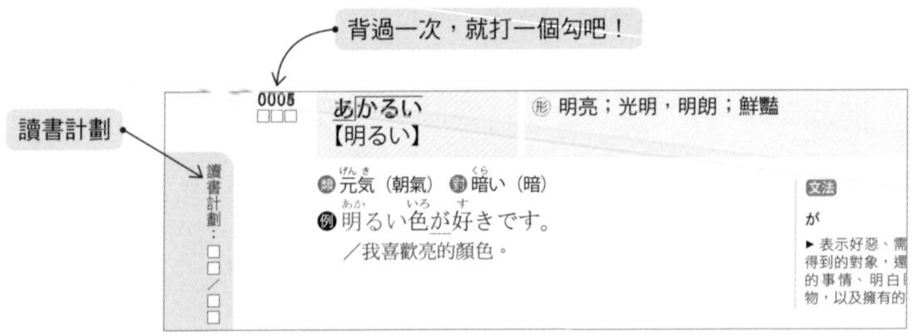

《精修重音版 新制對應 絕對合格！日檢必背單字 N5》本著利用「喝咖啡時間」，也能「倍增單字量」「通過新日檢」的意旨，搭配文法與例句快速理解、學習，附贈日語朗讀光碟，還能讓您隨時隨地聽 MP3，無時無刻增進日語單字能力，走到哪，學到哪！怎麼考，怎麼過！

目錄
contents

Contents

詞性說明

詞性	定義	例（日文／中譯）
名詞	表示人事物、地點等名稱的詞。有活用。	門／大門
形容詞	詞尾是い。說明客觀事物的性質、狀態或主觀感情、感覺的詞。有活用。	細い／細小的
形容動詞	詞尾是だ。具有形容詞和動詞的雙重性質。有活用。	静かだ／安靜的
動詞	表示人或事物的存在、動作、行為和作用的詞。	言う／說
自動詞	表示的動作不直接涉及其他事物。只說明主語本身的動作、作用或狀態。	花が咲く／花開。
他動詞	表示的動作直接涉及其他事物。從動作的主體出發。	母が窓を開ける／母親打開窗戶。
五段活用	詞尾在ウ段或詞尾由「ア段＋る」組成的動詞。活用詞尾在「ア、イ、ウ、エ、オ」這五段上變化。	持つ／拿
上一段活用	「イ段＋る」或詞尾由「イ段＋る」組成的動詞。活用詞尾在イ段上變化。	見る／看 起きる／起床
下一段活用	「エ段＋る」或詞尾由「エ段＋る」組成的動詞。活用詞尾在エ段上變化。	寝る／睡覺 見せる／讓…看
變格活用	動詞的不規則變化。一般指カ行「来る」、サ行「する」兩種。	来る／到來 する／做
カ行變格活用	只有「来る」。活用時只在カ行上變化。	来る／到來
サ行變格活用	只有「する」。活用時只在サ行上變化。	する／做
連體詞	限定或修飾體言的詞。沒活用，無法當主詞。	どの／哪個
副詞	修飾用言的狀態和程度的詞。沒活用，無法當主詞。	余り／不太…

副助詞	接在體言或部分副詞、用言等之後，增添各種意義的助詞。	～も ／也…
終助詞	接在句尾，表示說話者的感嘆、疑問、希望、主張等語氣。	か ／嗎
接續助詞	連接兩項陳述內容，表示前後兩項存在某種句法關係的詞。	ながら ／邊…邊…
接續詞	在段落、句子或詞彙之間，起承先啟後的作用。沒活用，無法當主詞。	しかし ／然而
接頭詞	詞的構成要素，不能單獨使用，只能接在其他詞的前面。	御(お)～ ／貴（表尊敬及美化）
接尾詞	詞的構成要素，不能單獨使用，只能接在其他詞的後面。	～枚(まい) ／…張（平面物品數量）
造語成份（新創詞語）	構成復合詞的詞彙。	一昨年(いっさくねん) ／前年
漢語造語成份（和製漢語）	日本自創的詞彙，或跟中文意義有別的漢語詞彙。	風呂(ふろ) ／澡盆
連語	由兩個以上的詞彙連在一起所構成，意思可以直接從字面上看出來。	赤(あか)い傘(かさ) ／紅色雨傘 足(あし)を洗(あら)う ／洗腳
慣用語	由兩個以上的詞彙因習慣用法而構成，意思無法直接從字面上看出來。常用來比喻。	足(あし)を洗(あら)う ／脫離黑社會
感嘆詞	用於表達各種感情的詞。沒活用，無法當主詞。	ああ ／啊（表驚訝等）
寒暄語	一般生活上常用的應對短句、問候語。	お願(ねが)いします ／麻煩…

其他略語

呈現	詞性	呈現	詞性
對	對義詞	近	文法部分的相近文法補充
類	類義詞	補	補充說明

<table>
<tr><th rowspan="2">詞性</th><th colspan="5">活用變化舉例</th></tr>
<tr><th>語幹</th><th colspan="2">語尾</th><th colspan="2">變化</th></tr>
<tr><td rowspan="6">形容詞</td><td rowspan="6">やさし
(容易)</td><td rowspan="2">い</td><td></td><td rowspan="2">現在
肯定</td><td>やさし + い
語幹 形容詞詞尾</td></tr>
<tr><td>です</td><td>やさしい + です
基本形 敬體</td></tr>
<tr><td rowspan="2">く</td><td>ない(です)</td><td rowspan="2">現在
否定</td><td rowspan="2">やさしく —+ない (です)
(い→く) 否定 敬體
—+ありません
否定</td></tr>
<tr><td>ありません</td></tr>
<tr><td>かっ</td><td>た(です)</td><td>過去
肯定</td><td>やさしかっ +た (です)
(い→かっ) 過去 敬體</td></tr>
<tr><td>く</td><td>ありません
でした</td><td>過去
否定</td><td>やさしくありません+でした
否定 過去</td></tr>
<tr><td rowspan="5">形容動詞</td><td rowspan="5">きれい
(美麗)</td><td>だ</td><td></td><td rowspan="2">現在
肯定</td><td>きれい + だ
語幹 形容動詞詞尾</td></tr>
<tr><td>で</td><td>す</td><td>きれい + です
基本形 「だ」的敬體</td></tr>
<tr><td>で</td><td>はあり
ません</td><td>現在
否定</td><td>きれいで +は+ありません
(だ→で) 否定</td></tr>
<tr><td>で</td><td>した</td><td>過去
肯定</td><td>きれい でし た
(だ→でし) 過去</td></tr>
<tr><td>で</td><td>はありませ
んでした</td><td>過去
否定</td><td>きれいではありません+でした
否定 過去</td></tr>
</table>

動詞	か （書寫）	く		基本形	か + く 語幹
		き	ます	現在肯定	か　き　+ます （く→き）
		き	ません	現在否定	か　き　+ません （く→き）　否定
		き	ました	過去肯定	か　き　+ました （く→き）　過去
		き	ませんでした	過去否定	かきません + でした 否定　過去

動詞基本形		
相對於「動詞ます形」，動詞基本形説法比較隨便，一般用在關係跟自己比較親近的人之間。因為辭典上的單字用的都是基本形，所以又叫辭書形。基本形怎麼來的呢？請看下面的表格。		
五段動詞	拿掉動詞「ます形」的「ます」之後，最後將「イ段」音節轉為「ウ段」音節。	かきます→かき→かく ka-ki-ma-su → ka-ki → ka-ku
一段動詞	拿掉動詞「ます形」的「ます」之後，直接加上「る」。	たべます→たべ→たべる ta-be-ma-su → ta-be → ta-be-ru
不規則動詞		します→する shi-ma-su → su-ru きます→くる ki-ma-su → ku-ru

自動詞與他動詞比較與舉例		
自動詞	動詞沒有目的語 形式：「…が…ます」 沒有人為的意圖而發生的動作	火　が　消えました。（火熄了） 主語　助詞　沒有人為意圖的動作 ↑ 由於「熄了」，不是人為的，是風吹的自然因素，所以用自動詞「消えました」（熄了）。
他動詞	有動作的涉及對象 形式：「…を…ます」 抱著某個目的有意圖地作某一動作	私は　火　を　消しました。（我把火弄熄了） 主語　目的語　有意圖地做某動作 ↑ 火是因為人為的動作而被熄了，所以用他動詞「消しました」（弄熄了）。

日檢單字

N5

新制對應！

一、什麼是新日本語能力試驗呢

1. 新制「日語能力測驗」

2. 認證基準

3. 測驗科目

4. 測驗成績

二、新日本語能力試驗的考試內容

N5　題型分析

＊以上內容摘譯自「國際交流基金日本國際教育支援協會」的「新しい『日本語能力試験』ガイドブック」。

一、什麼是新日本語能力試驗呢

1. 新制「日語能力測驗」

從2010年起實施的新制「日語能力測驗」（以下簡稱為新制測驗）。

1－1　實施對象與目的

新制測驗與舊制測驗相同，原則上，實施對象為非以日語作為母語者。其目的在於，為廣泛階層的學習與使用日語者舉行測驗，以及認證其日語能力。

1－2　改制的重點

改制的重點有以下四項：

1　測驗解決各種問題所需的語言溝通能力

新制測驗重視的是結合日語的相關知識，以及實際活用的日語能力。因此，擬針對以下兩項舉行測驗：一是文字、語彙、文法這三項語言知識；二是活用這些語言知識解決各種溝通問題的能力。

2　由四個級數增為五個級數

新制測驗由舊制測驗的四個級數（1級、2級、3級、4級），增加為五個級數（N1、N2、N3、N4、N5）。新制測驗與舊制測驗的級數對照，如下所示。最大的不同是在舊制測驗的2級與3級之間，新增了N3級數。

N1	難易度比舊制測驗的1級稍難。合格基準與舊制測驗幾乎相同。
N2	難易度與舊制測驗的2級幾乎相同。
N3	難易度介於舊制測驗的2級與3級之間。（新增）
N4	難易度與舊制測驗的3級幾乎相同。
N5	難易度與舊制測驗的4級幾乎相同。

*「N」代表「Nihongo（日語）」以及「New（新的）」。

3　施行「得分等化」

由於在不同時期實施的測驗，其試題均不相同，無論如何慎重出題，每次測驗的難易度總會有或多或少的差異。因此在新制測驗中，導入「等化」的計分方式後，便能將不同時期的測驗分數，於共同量尺上相互比較。因此，無論是在什麼時候接受測驗，只要是相同級數的測驗，其得分均可予以比較。目前全球幾種主要的語言測驗，均廣泛採用這種「得分等化」的計分方式。

4　提供「日本語能力試驗Can-do 自我評量表」（簡稱JLPT Can-do）

為了瞭解通過各級數測驗者的實際日語能力，新制測驗經過調查後，提供「日本語能力試驗Can-do 自我評量表」。該表列載通過測驗認證者的實際日語能力範例。希望通過測驗認證者本人以及其他人，皆可藉由該表格，更加具體明瞭測驗成績代表的意義。

1－3　所謂「解決各種問題所需的語言溝通能力」

我們在生活中會面對各式各樣的「問題」。例如，「看著地圖前往目的地」或是「讀著說明書使用電器用品」等等。種種問題有時需要語言的協助，有時候不需要。

為了順利完成需要語言協助的問題，我們必須具備「語言知識」，例如文字、發音、語彙的相關知識、組合語詞成為文章段落的文法知識、判斷串連文句的順序以便清楚說明的知識等等。此外，亦必須能配合當前的問題，擁有實際運用自己所具備的語言知識的能力。

舉個例子，我們來想一想關於「聽了氣象預報以後，得知東京明天的天氣」這個課題。想要「知道東京明天的天氣」，必須具備以下的知識：「晴れ（晴天）、くもり（陰天）、雨（雨天）」等代表天氣的語彙；「東京は明日は晴れでしょう（東京明日應是晴天）」的文句結構；還有，也要知道氣象預報的播報順序等。除此以外，尚須能從播報的各地氣象中，分辨出哪一則是東京的天氣。

如上所述的「運用包含文字、語彙、文法的語言知識做語言溝通，進而具備解決各種問題所需的語言溝通能力」，在新制測驗中稱為「解決各種問題所需的語言溝通能力」。

新制測驗將「解決各種問題所需的語言溝通能力」分成以下「語言知識」、「讀解」、「聽解」等三個項目做測驗。

語言知識	各種問題所需之日語的文字、語彙、文法的相關知識。
讀　解	運用語言知識以理解文字內容，具備解決各種問題所需的能力。
聽　解	運用語言知識以理解口語內容，具備解決各種問題所需的能力。

作答方式與舊制測驗相同，將多重選項的答案劃記於答案卡上。此外，並沒有直接測驗口語或書寫能力的科目。

2. 認證基準

新制測驗共分為N1、N2、N3、N4、N5五個級數。最容易的級數為N5，最困難的級數為N1。

與舊制測驗最大的不同，在於由四個級數增加為五個級數。以往有許多通過３級認證者常抱怨「遲遲無法取得2級認證」。為因應這種情況，於舊制測驗的2級與３級之間，新增了N3級數。

新制測驗級數的認證基準，如表1的「讀」與「聽」的語言動作所示。該表雖未明載，但應試者也必須具備為表現各語言動作所需的語言知識。

N4與N5主要是測驗應試者在教室習得的基礎日語的理解程度；N1與N2是測驗應試者於現實生活的廣泛情境下，對日語理解程度；至於新增的N3，則是介於N1與N2，以及N4與N5之間的「過渡」級數。關於各級數的「讀」與「聽」的具體題材（內容），請參照表1。

■ 表1　新「日語能力測驗」認證基準

	級數	認證基準 各級數的認證基準，如以下【讀】與【聽】的語言動作所示。各級數亦必須具備為表現各語言動作所需的語言知識。
↑	N1	能理解在廣泛情境下所使用的日語 【讀】・可閱讀話題廣泛的報紙社論與評論等論述性較複雜及較抽象的文章，且能理解其文章結構與內容。 ・可閱讀各種話題內容較具深度的讀物，且能理解其脈絡及詳細的表達意涵。 【聽】・在廣泛情境下，可聽懂常速且連貫的對話、新聞報導及講課，且能充分理解話題走向、內容、人物關係、以及說話內容的論述結構等，並確實掌握其大意。
困難＊	N2	除日常生活所使用的日語之外，也能大致理解較廣泛情境下的日語 【讀】・可看懂報紙與雜誌所刊載的各類報導、解說、簡易評論等主旨明確的文章。 ・可閱讀一般話題的讀物，並能理解其脈絡及表達意涵。 【聽】・除日常生活情境外，在大部分的情境下，可聽懂接近常速且連貫的對話與新聞報導，亦能理解其話題走向、內容、以及人物關係，並可掌握其大意。
	N3	能大致理解日常生活所使用的日語 【讀】・可看懂與日常生活相關的具體內容的文章。 ・可由報紙標題等，掌握概要的資訊。 ・於日常生活情境下接觸難度稍高的文章，經換個方式敘述，即可理解其大意。 【聽】・在日常生活情境下，面對稍微接近常速且連貫的對話，經彙整談話的具體內容與人物關係等資訊後，即可大致理解。
＊容易	N4	能理解基礎日語 【讀】・可看懂以基本語彙及漢字描述的貼近日常生活相關話題的文章。 【聽】・可大致聽懂速度較慢的日常會話。
↓	N5	能大致理解基礎日語 【讀】・可看懂以平假名、片假名或一般日常生活使用的基本漢字所書寫的固定詞句、短文、以及文章。 【聽】・在課堂上或周遭等日常生活中常接觸的情境下，如為速度較慢的簡短對話，可從中聽取必要資訊。

＊N1最難，N5最簡單。

3. 測驗科目

新制測驗的測驗科目與測驗時間如表2所示。

■ 表2　測驗科目與測驗時間＊①

<table>
<tr><th>級數</th><th colspan="3">測驗科目
（測驗時間）</th><th></th></tr>
<tr><td>N1</td><td colspan="2">語言知識（文字、語彙、文法）、讀解
（110分）</td><td>聽解
（60分）</td><td rowspan="2">→ 測驗科目為「語言知識（文字、語彙、文法）、讀解」；以及「聽解」共2科目。</td></tr>
<tr><td>N2</td><td colspan="2">語言知識（文字、語彙、文法）、讀解
（105分）</td><td>聽解
（50分）</td></tr>
<tr><td>N3</td><td>語言知識（文字、語彙）
（30分）</td><td>語言知識（文法）、讀解
（70分）</td><td>聽解
（40分）</td><td rowspan="3">→ 測驗科目為「語言知識（文字、語彙）」；「語言知識（文法）、讀解」；以及「聽解」共3科目。</td></tr>
<tr><td>N4</td><td>語言知識（文字、語彙）
（30分）</td><td>語言知識（文法）、讀解
（60分）</td><td>聽解
（35分）</td></tr>
<tr><td>N5</td><td>語言知識（文字、語彙）
（25分）</td><td>語言知識（文法）、讀解
（50分）</td><td>聽解
（30分）</td></tr>
</table>

N1與N2的測驗科目為「語言知識（文字、語彙、文法）、讀解」以及「聽解」共2科目；N3、N4、N5的測驗科目為「語言知識（文字、語彙）」、「語言知識（文法）、讀解」、「聽解」共3科目。

由於N3、N4、N5的試題中，包含較少的漢字、語彙、以及文法項目，因此當與N1、N2測驗相同的「語言知識（文字、語彙、文法）、讀解」科目時，有時會使某幾道試題成為其他題目的提示。為避免這個情況，因此將「語言知識（文字、語彙、文法）、讀解」，分成「語言知識（文字、語彙）」和「語言知識（文法）、讀解」施測。

＊①：聽解因測驗試題的錄音長度不同，致使測驗時間會有些許差異。

4. 測驗成績

4－1　量尺得分

舊制測驗的得分，答對的題數以「原始得分」呈現；相對的，新制測驗的得分以「量尺得分」呈現。

「量尺得分」是經過「等化」轉換後所得的分數。以下，本手冊將新制測驗的「量尺得分」，簡稱為「得分」。

4－2　測驗成績的呈現

新制測驗的測驗成績，如表3的計分科目所示。N1、N2、N3的計分科目分為「語言知識（文字、語彙、文法）」、「讀解」、以及「聽解」3項；N4、N5的計分科目分為「語言知識（文字、語彙、文法）、讀解」以及「聽解」2項。

會將N4、N5的「語言知識（文字、語彙、文法）」和「讀解」合併成一項，是因為在學習日語的基礎階段，「語言知識」與「讀解」方面的重疊性高，所以將「語言知識」與「讀解」合併計分，比較符合學習者於該階段的日語能力特徵。

■ 表3　各級數的計分科目及得分範圍

級數	計分科目	得分範圍
N1	語言知識（文字、語彙、文法） 讀解 聽解	0～60 0～60 0～60
	總分	0～180
N2	語言知識（文字、語彙、文法） 讀解 聽解	0～60 0～60 0～60
	總分	0～180
N3	語言知識（文字、語彙、文法） 讀解 聽解	0～60 0～60 0～60
	總分	0～180

N4	語言知識（文字、語彙、文法）、讀解 聽解	0～120 0～60
	總分	0～180
N5	語言知識（文字、語彙、文法）、讀解 聽解	0～120 0～60
	總分	0～180

各級數的得分範圍，如表3所示。N1、N2、N3的「語言知識（文字、語彙、文法）」、「讀解」、「聽解」的得分範圍各為0～60分，三項合計的總分範圍是0～180分。「語言知識（文字、語彙、文法）」、「讀解」、「聽解」各占總分的比例是1：1：1。

N4、N5的「語言知識（文字、語彙、文法）、讀解」的得分範圍為0～120分，「聽解」的得分範圍為0～60分，二項合計的總分範圍是0～180分。「語言知識（文字、語彙、文法）、讀解」與「聽解」各占總分的比例是2：1。還有，「語言知識（文字、語彙、文法）、讀解」的得分，不能拆解成「語言知識（文字、語彙、文法）」與「讀解」二項。

除此之外，在所有的級數中，「聽解」均占總分的三分之一，較舊制測驗的四分之一為高。

4－3　合格基準

舊制測驗是以總分作為合格基準；相對的，新制測驗是以總分與分項成績的門檻二者作為合格基準。所謂的門檻，是指各分項成績至少必須高於該分數。假如有一科分項成績未達門檻，無論總分有多高，都不合格。

新制測驗設定各分項成績門檻的目的，在於綜合評定學習者的日語能力，須符合以下二項條件才能判定為合格：①總分達合格分數（=通過標準）以上；②各分項成績達各分項合格分數（＝通過門檻）以上。如有一科分項成績未達門檻，無論總分多高，也會判定為不合格。

N1~N3及N4、N5之分項成績有所不同，各級總分通過標準及各分項成績通過門檻如下所示：

級數	總分		分項成績					
			言語知識（文字・語彙・文法）		讀解		聽解	
	得分範圍	通過標準	得分範圍	通過門檻	得分範圍	通過門檻	得分範圍	通過門檻
N1	0～180分	100分	0～60分	19分	0～60分	19分	0～60分	19分
N2	0～180分	90分	0～60分	19分	0～60分	19分	0～60分	19分
N3	0～180分	95分	0～60分	19分	0～60分	19分	0～60分	19分

級數	總分		分項成績					
			言語知識（文字・語彙・文法）		讀解		聽解	
	得分範圍	通過標準	得分範圍	通過門檻	得分範圍	通過門檻	得分範圍	通過門檻
N4	0～180分	90分	0～120分	38分	0～60分	19分	0～60分	19分
N5	0～180分	80分	0～120分	38分	0～60分	19分	0～60分	19分

※上列通過標準自2010年第1回(7月)【N4、N5為2010年第2回(12月)】起適用。

缺考其中任一測驗科目者，即判定為不合格。寄發「合否結果通知書」時，含已應考之測驗科目在內，成績均不計分亦不告知。

4－4　測驗結果通知

依級數判定是否合格後，寄發「合否結果通知書」予應試者；合格者同時寄發「日本語能力認定書」。

■ N1, N2, N3

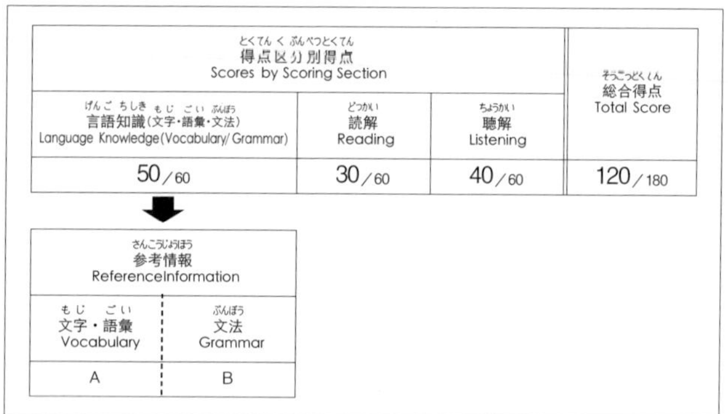

得点区分別得点 Scores by Scoring Section			総合得点 Total Score
言語知識（文字・語彙・文法） Language Knowledge (Vocabulary/Grammar)	読解 Reading	聴解 Listening	
50／60	30／60	40／60	120／180

参考情報 Reference Information	
文字・語彙 Vocabulary	文法 Grammar
A	B

■ N4, N5

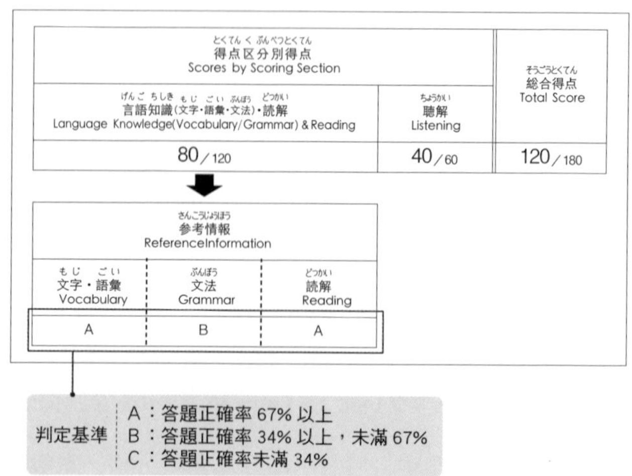

得点区分別得点 Scores by Scoring Section		総合得点 Total Score
言語知識（文字・語彙・文法）・読解 Language Knowledge (Vocabulary/Grammar) & Reading	聴解 Listening	
80／120	40／60	120／180

参考情報 Reference Information		
文字・語彙 Vocabulary	文法 Grammar	読解 Reading
A	B	A

判定基準
A：答題正確率 67% 以上
B：答題正確率 34% 以上，未滿 67%
C：答題正確率未滿 34%

※各節測驗如有一節缺考就不予計分，即判定為不合格。雖會寄發「合否結果通知書」但所有分項成績，含已出席科目在內，均不予計分。各欄成績以「*」表示，如「**／60」。

※所有科目皆缺席者，不寄發「合否結果通知書」。

二、新日本語能力試驗的考試內容

N5 題型分析

<table>
<tr><th rowspan="2" colspan="2">測驗科目
（測驗時間）</th><th colspan="5">試題內容</th></tr>
<tr><th colspan="3">題型</th><th>小題
題數
＊</th><th>分析</th></tr>
<tr><td rowspan="4">語言知識
（25分）</td><td rowspan="4">文字、語彙</td><td>1</td><td>漢字讀音</td><td>◇</td><td>12</td><td>測驗漢字語彙的讀音。</td></tr>
<tr><td>2</td><td>假名漢字寫法</td><td>◇</td><td>8</td><td>測驗平假名語彙的漢字及片假名的寫法。</td></tr>
<tr><td>3</td><td>選擇文脈語彙</td><td>◇</td><td>10</td><td>測驗根據文脈選擇適切語彙。</td></tr>
<tr><td>4</td><td>替換類義詞</td><td>○</td><td>5</td><td>測驗根據試題的語彙或說法，選擇類義詞或類義說法。</td></tr>
<tr><td rowspan="5">語言知識、讀解
（50分）</td><td rowspan="3">文法</td><td>1</td><td>文句的文法1
（文法形式判斷）</td><td>○</td><td>16</td><td>測驗辨別哪種文法形式符合文句內容。</td></tr>
<tr><td>2</td><td>文句的文法2
（文句組構）</td><td>◆</td><td>5</td><td>測驗是否能夠組織文法正確且文義通順的句子。</td></tr>
<tr><td>3</td><td>文章段落的文法</td><td>◆</td><td>5</td><td>測驗辨別該文句有無符合文脈。</td></tr>
<tr><td rowspan="2">讀解＊</td><td>4</td><td>理解內容
（短文）</td><td>○</td><td>3</td><td>於讀完包含學習、生活、工作相關話題或情境等，約80字左右的撰寫平易的文章段落之後，測驗是否能夠理解其內容。</td></tr>
<tr><td>5</td><td>理解內容
（中文）</td><td>○</td><td>2</td><td>於讀完包含以日常話題或情境為題材等，約250字左右的撰寫平易的文章段落之後，測驗是否能夠理解其內容。</td></tr>
</table>

	讀解＊	6	釐整資訊	◆	1	測驗是否能夠從介紹或通知等，約250字左右的撰寫資訊題材中，找出所需的訊息。
聽解（30分）		1	理解問題	◇	7	於聽取完整的會話段落之後，測驗是否能夠理解其內容（於聽完解決問題所需的具體訊息之後，測驗是否能夠理解應當採取的下一個適切步驟）。
		2	理解重點	◇	6	於聽取完整的會話段落之後，測驗是否能夠理解其內容（依據剛才已聽過的提示，測驗是否能夠抓住應當聽取的重點）。
		3	適切話語	◆	5	測驗一面看圖示，一面聽取情境說明時，是否能夠選擇適切的話語。
		4	即時應答	◆	6	測驗於聽完簡短的詢問之後，是否能夠選擇適切的應答。

＊「小題題數」為每次測驗的約略題數，與實際測驗時的題數可能未盡相同。此外，亦有可能會變更小題題數。

＊有時在「讀解」科目中，同一段文章可能會有數道小題。

資料來源：《日本語能力試驗JLPT官方網站：分項成績・合格判定・合否結果通知》。2016年1月11日，取自：http://www.jlpt.jp/tw/guideline/results.html

N5
vocabulary

JLPT

N5主題單字

-活用主題單字

-生活日語小專欄

Track 1-01

主題❶ 寒暄語

❶	（どうも）ありがとうございました	謝謝，太感謝了
❷	頂(いただ)きます	（吃飯前的客套話）我就不客氣了
❸	いらっしゃい（ませ）	歡迎光臨
❹	（では）お元気(げんき)で	請多保重身體
❺	お願(ねが)いします	麻煩，請；請多多指教
❻	おはようございます	（早晨見面時）早安，您早
❼	お休(やす)みなさい	晚安
❽	御馳走様(ごちそうさま)（でした）	多謝您的款待，我已經吃飽了
❾	こちらこそ	哪兒的話，不敢當
❿	御免(ごめん)ください	有人在嗎
⓫	御免(ごめん)なさい	對不起
⓬	今日(こんにち)は	你好，日安
⓭	今晩(こんばん)は	晚安你好，晚上好
⓮	さよなら／さようなら	再見，再會；告別
⓯	失礼(しつれい)しました	請原諒，失禮了
⓰	失礼(しつれい)します	告辭，再見，對不起
⓱	すみません	對不起，抱歉；謝謝
⓲	では、また	那麼，再見

⑲ どういたしまして	沒關係，不用客氣，算不了什麼	㉑ 初(はじ)めまして	初次見面，你好
⑳ どうぞよろしく	請多指教	㉒（どうぞ）よろしく	指教，關照

Track 1-02

主題 2 數字（一）

❶ ゼロ／零(れい)	零；沒有	❽ 七(しち)／七(なな)	七；七個
❷ 一(いち)	一；第一	❾ 八(はち)	八；八個
❸ 二(に)	二；兩個	❿ 九(きゅう)／九(く)	九；九個
❹ 三(さん)	三；三個	⓫ 十(じゅう)	十；第十
❺ 四(し)／四(よん)	四；四個	⓬ 百(ひゃく)	一百；一百歲
❻ 五(ご)	五；五個	⓭ 千(せん)	（一）千；形容數量之多
❼ 六(ろく)	六；六個	⓮ 万(まん)	萬

小專欄

「挨拶」（寒暄、問候）一詞是怎麼來的呢？

唐、宋時期的禪宗和尚們，為了悟道以一問一答的方式來進行，這就叫「挨拶」。佛教經中國傳入日本以後，「挨拶」一詞就在日本紮根了。

「挨拶」的意思後來轉變成，為了表示對他人的尊敬和愛戴而表現出的動作、語言、文章等，也就是為了建立人與人之間的親和關係，而進行的重要社交行為之一。

例如日本人在吃飯前後都要説一句「いただきます」（承蒙款待）和「ごちそうさま」（多謝款待），這些話不是只有感謝主人為自己辛苦地張羅食材，也是對大自然的恩惠，及所有付出勞動的人所表示的謝意。

そつ？

そつ、そう。

Track 1-03

主題❸ 數字（二）

	單字	中文
❶	一つ（ひとつ）	一個；一歲
❷	二つ（ふたつ）	兩個；兩歲
❸	三つ（みっつ）	三個；三歲
❹	四つ（よっつ）	四個；四歲
❺	五つ（いつつ）	五個；五歲
❻	六つ（むっつ）	六個；六歲
❼	七つ（ななつ）	七個；七歲
❽	八つ（やっつ）	八個；八歲
❾	九つ（ここのつ）	九個；九歲
❿	十（とお）	十個；十歲
⓫	幾つ（いくつ）	幾個；幾歲
⓬	二十歳（はたち）	二十歲

Track 1-04

主題❹ 星期

	單字	中文
❶	日曜日（にちようび）	星期日
❷	月曜日（げつようび）	星期一
❸	火曜日（かようび）	星期二
❹	水曜日（すいようび）	星期三
❺	木曜日（もくようび）	星期四
❻	金曜日（きんようび）	星期五
❼	土曜日（どようび）	星期六
❽	先週（せんしゅう）	上個星期，上週
❾	今週（こんしゅう）	這個星期，本週
❿	来週（らいしゅう）	下星期
⓫	毎週（まいしゅう）	每個星期，每個禮拜
⓬	～週間（しゅうかん）	～週，～星期
⓭	誕生日（たんじょうび）	生日

Track 1-05

主題❺ 日期

❶	一日（ついたち）	一號，初一
❷	二日（ふつか）	二號；兩天
❸	三日（みっか）	三號；三天
❹	四日（よっか）	四號；四天
❺	五日（いつか）	五號；五天
❻	六日（むいか）	六號；六天
❼	七日（なのか）	七號；七天
❽	八日（ようか）	八號；八天
❾	九日（ここのか）	九號；九天
❿	十日（とおか）	十號；十天
⓫	二十日（はつか）	二十號；二十天
⓬	一日（いちにち）	一天；一整天
⓭	カレンダー	日曆；全年記事表

小專欄

「曜日（ようび）」的排序？

為什麼日文星期的排序是「月（げつ）、火（か）、水（すい）、木（もく）、金（きん）、土（ど）、日（にち）」呢？其實起源是來自古希臘的天文學家托勒密提出的「天動説（てんどうせつ）」的「角速度（かくそくど）」這一觀點。這一學說提出每小時天體與地球距離由遠至進的排序，其實就是我們現在所看到的日文星期的排序喔！右表是每個「曜日（ようび）」與對應的行星。

曜日（ようび）	對應行星
日（にち）	太陽
月（げつ）	月亮
火（か）	火星
水（すい）	水星
木（もく）	木星
金（きん）	金星
土（ど）	土星

Track 1-06

主題❻ 顏色

❶ 青い（あお）	藍色的；綠的
❷ 赤い（あか）	紅色的
❸ 黄色い（きいろ）	黃色，黃色的
❹ 黒い（くろ）	黑色的；黑暗
❺ 白い（しろ）	白色的；潔白
❻ 茶色（ちゃいろ）	茶色
❼ 緑（みどり）	綠色
❽ 色（いろ）	顏色，彩色

Track 1-07

主題❼ 量詞

❶ ～階（かい）	～樓，層
❷ ～回（かい）	～回，次數
❸ ～個（こ）	～個
❹ ～歳（さい）	～歲
❺ ～冊（さつ）	～本，～冊
❻ ～台（だい）	～輛，～架
❼ ～人（にん）	～人
❽ ～杯（はい）	～杯
❾ ～番（ばん）	第～，～號
❿ ～匹（ひき）	～頭，～隻
⓫ ページ	～頁
⓬ ～本（ほん）	～瓶，～條
⓭ ～枚（まい）	～張，～片

小專欄

數量詞

➡ 數量詞是由基數詞加量詞而構成的。基本上是以東西的外形來區分的喔！

1. 數細長的物品，用「本（ほん）」。例：「一本（いっぽん）」（一根、一支、一瓶）
2. 數扁薄的物品，用「枚（まい）」。例：「二枚（にまい）」（兩張、兩盤、兩片、兩塊、兩件）
3. 數魚、蟲等，用「匹（ひき）」。例：「三匹（さんびき）」（三條、三匹、三隻）

Notice 找找看，主題 7 的量詞都在這間餐廳裡喔！

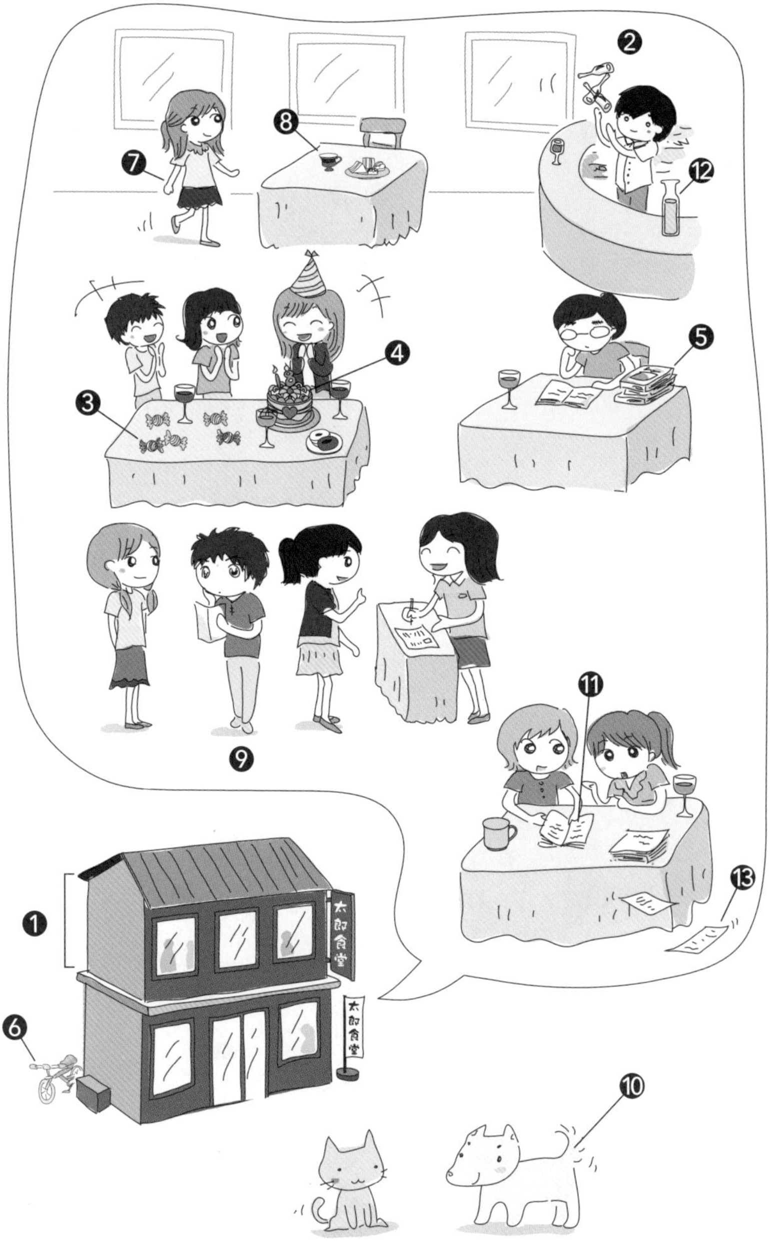

Track 1-08

主題 ❶ 身體部位

❶ 頭（あたま）	頭；頂
❷ 顔（かお）	臉；顏面
❸ 耳（みみ）	耳朵
❹ 目（め）	眼睛；眼珠
❺ 鼻（はな）	鼻子
❻ 口（くち）	口，嘴巴
❼ 歯（は）	牙齒
❽ 手（て）	手掌；胳膊
❾ お腹（なか）	肚子；腸胃
❿ 足（あし）	腿；腳
⓫ 体（からだ）	身體；體格
⓬ 背（せい）	身高，身材
⓭ 声（こえ）	聲音，語音

Notice 我們身體部位的日文怎麼說呢？主題 1 的單字都在下圖中喔！

Track 1-09

主題❷ 家族（一）

單字	中文
❶ お祖父（じい）さん	祖父；老爺爺
❷ お祖母（ばあ）さん	祖母；老婆婆
❸ お父（とう）さん	父親；令尊
❹ 父（ちち）	家父，爸爸
❺ お母（かあ）さん	母親；令堂
❻ 母（はは）	家母，媽媽
❼ お兄（にい）さん	哥哥
❽ 兄（あに）	家兄；姐夫
❾ お姉（ねえ）さん	姊姊
❿ 姉（あね）	家姊；嫂子
⓫ 弟（おとうと）	弟弟
⓬ 妹（いもうと）	妹妹
⓭ 伯父（おじ）さん／叔父（おじ）さん	伯伯，叔叔
⓮ 伯母（おば）さん／叔母（おば）さん	嬸嬸，舅媽

Notice 家人團聚在一起是最幸福的時光了！用主題 2 的單字來練練家人的講法吧！

Track 1-10

主題❸ 家族（二）

❶	両親（りょうしん）	父母，雙親
❷	兄弟（きょうだい）	兄弟；兄弟姊妹
❸	家族（かぞく）	家人，家庭
❹	ご主人（しゅじん）	您的先生，您的丈夫
❺	奥さん（おく）	太太，尊夫人
❻	自分（じぶん）	自己，本人
❼	一人（ひとり）	一人；單獨一個人
❽	二人（ふたり）	兩個人，兩人
❾	皆さん（みな）	大家，各位
❿	一緒（いっしょ）	一起；一齊
⓫	大勢（おおぜい）	眾多（人）；（人數）很多

Track 1-11

主題❹ 人物的稱呼

❶	貴方（あなた）	您；老公
❷	私（わたし）	我
❸	男（おとこ）	男性，男人
❹	女（おんな）	女人，女性
❺	男の子（おとこのこ）	男孩子；年輕小伙子
❻	女の子（おんなのこ）	女孩子；少女
❼	大人（おとな）	大人，成人
❽	子供（こども）	自己的兒女；小孩
❾	外国人（がいこくじん）	外國人
❿	友達（ともだち）	朋友，友人
⓫	人（ひと）	人，人類
⓬	方（かた）	位，人
⓭	方（がた）	們，各位
⓮	さん	～先生，～小姐

Track 1-12

主題❺ 清新的大自然

	單字	中文
❶	空（そら）	天空；天氣
❷	山（やま）	山；一大堆
❸	川（かわ）／河（かわ）	河川，河流
❹	海（うみ）	海，海洋
❺	岩（いわ）	岩石
❻	木（き）	樹；木材

	單字	中文
❼	鳥（とり）	鳥；雞
❽	犬（いぬ）	狗
❾	猫（ねこ）	貓
❿	花（はな）	花
⓫	魚（さかな）	魚
⓬	動物（どうぶつ）	動物

Notice 春暖花開，大地回春，主題 5 的單字都在圖裡，您唸對了嗎？

Track 1-13

主題❻ 季節氣象

❶	春（はる）	春天，春季
❷	夏（なつ）	夏天，夏季
❸	秋（あき）	秋天，秋季
❹	冬（ふゆ）	冬天，冬季
❺	風（かぜ）	風
❻	雨（あめ）	雨
❼	雪（ゆき）	雪
❽	天気（てんき）	天氣；晴天
❾	暑い（あつい）	（天氣）熱，炎熱
❿	寒い（さむい）	（天氣）寒冷
⓫	涼しい（すずしい）	涼爽，涼爽
⓬	曇る（くもる）	變陰；模糊不清
⓭	晴れる（はれる）	（雨，雪）停止，放晴

小專欄 氣象小補充

晴れのち曇り（はれのちくもり）	晴時多雲	台風（たいふう）	颱風
曇り時々雨（くもりときどきあめ）	多雲偶陣雨	竜巻（たつまき）	龍捲風
天気雨（てんきあめ）	太陽雨	小雪（こゆき）	小雪
小雨（こさめ）	小雨	大雪（おおゆき）	大雪
大雨（おおあめ）	豪雨	吹雪（ふぶき）	暴風雪

そつ？
そつ、そう。

每個季節都很迷人，您最喜歡什麼季節呢？主題6的單字都在下圖喔！

Track 1-14

主題❶ 身邊的物品

❶ 鞄（かばん）	皮包，提包
❷ 帽子（ぼうし）	帽子
❸ ネクタイ	領帶
❹ ハンカチ	手帕
❺ 眼鏡（めがね）	眼鏡
❻ 財布（さいふ）	錢包
❼ 煙草（たばこ）	香煙；煙草
❽ 灰皿（はいざら）	煙灰缸
❾ マッチ	火柴；火材盒
❿ スリッパ	拖鞋
⓫ 靴（くつ）	鞋子
⓬ 箱（はこ）	盒子，箱子
⓭ 靴下（くつした）	襪子

Notice 啊呀！房間的地上擺滿了各式各樣戰利品，您記得主題１的單字了嗎？

Track 1-15

主題 2 衣服

❶ 背広（せびろ）	西裝（男）
❷ ワイシャツ	襯衫
❸ ポケット	口袋，衣袋
❹ 服（ふく）	衣服
❺ 上着（うわぎ）	上衣，外衣
❻ シャツ	襯衫
❼ コート	外套；西裝上衣
❽ 洋服（ようふく）	西服，西裝
❾ ズボン	西裝褲；褲子
❿ ボタン	鈕釦；按鍵
⓫ セーター	毛衣
⓬ スカート	裙子
⓭ 物（もの）	物品，東西

Notice 小女孩就是喜歡偷穿媽媽的衣服，快教她主題 2 的單字吧！

Track 1-16

主題❸ 食物（一）

❶	ご飯（はん）	米飯；餐
❷	朝御飯（あさごはん）	早餐
❸	昼ご飯（ひるはん）	午餐
❹	晩ご飯（ばんはん）	晚餐
❺	夕飯（ゆうはん）	晚飯
❻	食べ物（たもの）	食物，吃的東西
❼	飲み物（のもの）	飲料
❽	お弁当（べんとう）	便當
❾	お菓子（かし）	點心，糕點
❿	料理（りょうり）	菜餚；烹調
⓫	食堂（しょくどう）	餐廳，飯館
⓬	買い物（かもの）	買東西；要買的東西
⓭	パーティー	集會，宴會

Track 1-17

主題❹ 食物（二）

❶	コーヒー	咖啡
❷	牛乳（ぎゅうにゅう）	牛奶
❸	お酒（さけ）	酒；清酒
❹	肉（にく）	肉
❺	鳥肉（とりにく）	雞肉；鳥肉
❻	水（みず）	水
❼	牛肉（ぎゅうにく）	牛肉
❽	豚肉（ぶたにく）	豬肉
❾	お茶（ちゃ）	茶；茶道
❿	パン	麵包
⓫	野菜（やさい）	蔬菜，青菜
⓬	卵（たまご）	蛋
⓭	果物（くだもの）	水果，鮮果

夢裡的每樣食物看起來都好好吃，您是否把主題 4 的單字都背起來了呢？

恩哪恩哪吃不下了啦～

Track 1-18

主題❺ 器皿跟調味料

❶ バター	奶油
❷ 醤油（しょうゆ）	醬油
❸ 塩（しお）	鹽；鹹度
❹ 砂糖（さとう）	砂糖
❺ スプーン	湯匙
❻ フォーク	叉子，餐叉
❼ ナイフ	刀子，餐刀
❽ お皿（さら）	盤子
❾ 茶碗（ちゃわん）	茶杯，飯碗
❿ グラス	玻璃杯
⓫ 箸（はし）	筷子，箸
⓬ コップ	杯子，茶杯
⓭ カップ	杯子；（有把）茶杯

Notice 去餐廳吃飯時，記得把主題 5 的單字都背起來再去喔！

Track 1-19

主題 6 住家

❶ 家（いえ）	房子；家
❷ 家（うち）	家；房子
❸ 庭（にわ）	庭院，院子
❹ 鍵（かぎ）	鑰匙；關鍵
❺ プール	游泳池
❻ アパート	公寓
❼ 池（いけ）	池塘；水池

❽ ドア	（前後推開的）門
❾ 門（もん）	門，大門
❿ 戸（と）	（左右拉開的）門；窗戶
⓫ 入り口（いりぐち）	入口，門口
⓬ 出口（でぐち）	出口
⓭ 所（ところ）	地點

Notice 在家附近閒逛，也要練習單字。來背背主題 6 的單字吧！

Track 1-20

主題 ❼ 居家設備

單字	中文
❶ 机（つくえ）	桌子，書桌
❷ 椅子（いす）	椅子
❸ 部屋（へや）	房間；屋子
❹ 窓（まど）	窗戶
❺ ベッド	床，床舖
❻ シャワー	淋浴；驟雨
❼ トイレ	廁所，盥洗室
❽ 台所（だいどころ）	廚房
❾ 玄関（げんかん）	前門，玄關
❿ 階段（かいだん）	樓梯，階梯
⓫ お手洗い（てあらい）	廁所，洗手間
⓬ 風呂（ふろ）	浴缸；洗澡

Notice 歡迎來到我家！您能背出主題７的單字嗎？

主題 8 家電家具

❶ 電気（でんき）	電力；電燈
❷ 時計（とけい）	鐘錶，手錶
❸ 電話（でんわ）	電話；打電話
❹ 本棚（ほんだな）	書架，書櫃
❺ ラジカセ	錄放音機
❻ 冷蔵庫（れいぞうこ）	冰箱，冷藏室
❼ 花瓶（かびん）	花瓶
❽ テーブル	桌子；餐桌
❾ テープレコーダー	磁帶錄音機
❿ テレビ	電視
⓫ ラジオ	收音機；無線電
⓬ 石鹸（せっけん）	香皂，肥皂
⓭ ストーブ	火爐，暖爐

Notice 天啊！ 5 折大拍賣！快背出所有主題 8 的單字。好來搶個便宜喔！

Track 1-22

主題 9　交通工具

❶ 橋（はし）	橋樑
❷ 地下鉄（ちかてつ）	地下鐵
❸ 飛行機（ひこうき）	飛機
❹ 交差点（こうさてん）	十字路口
❺ タクシー	計程車
❻ 電車（でんしゃ）	電車
❼ 駅（えき）	（鐵路的）車站
❽ 車（くるま）	車子的總稱，汽車
❾ 自動車（じどうしゃ）	車，汽車
❿ 自転車（じてんしゃ）	腳踏車
⓫ バス	巴士，公車
⓬ エレベーター	電梯，升降機
⓭ 町（まち）	城鎮；街道
⓮ 道（みち）	路，道路

Notice 要怎麼坐車才會最快到達目的地呢？快利用主題 9 的單字達到終點吧！

Track 1-23

主題⑩ 建築物

❶ 店（みせ）	商店，店鋪
❷ 映画館（えいがかん）	電影院
❸ 病院（びょういん）	醫院
❹ 大使館（たいしかん）	大使館
❺ 喫茶店（きっさてん）	咖啡店
❻ レストラン	西餐廳
❼ 建物（たてもの）	建築物，房屋
❽ デパート	百貨公司
❾ 八百屋（やおや）	蔬果店，菜鋪
❿ 公園（こうえん）	公園
⓫ 銀行（ぎんこう）	銀行
⓬ 郵便局（ゆうびんきょく）	郵局
⓭ ホテル	（西式）飯店，旅館

Notice 去旅行的時候怎麼問路呢？先把主題 10 的日文單字背起來吧！

Track 1-24

主題⑪ 娛樂嗜好

❶	映画（えいが）	電影
❷	音楽（おんがく）	音樂
❸	レコード	唱片，黑膠唱片
❹	テープ	膠布；錄音帶
❺	ギター	吉他
❻	歌（うた）	歌曲
❼	絵（え）	圖畫，繪畫
❽	カメラ	照相機；攝影機
❾	写真（しゃしん）	照片
❿	フィルム	底片；影片
⓫	外国（がいこく）	外國，外洋
⓬	国（くに）	國家；國土
⓭	荷物（にもつ）	行李，貨物

Track 1-25

主題⑫ 學校

❶	言葉（ことば）	語言，詞語
❷	英語（えいご）	英語，英文
❸	学校（がっこう）	學校
❹	大学（だいがく）	大學
❺	教室（きょうしつ）	教室；研究室
❻	クラス	階級；班級
❼	授業（じゅぎょう）	上課，教課
❽	図書館（としょかん）	圖書館
❾	ニュース	新聞，消息
❿	話（はなし）	說話，講話
⓫	病気（びょうき）	生病，疾病
⓬	風邪（かぜ）	感冒，傷風
⓭	薬（くすり）	藥，藥品

主題 13 學習

1	問題（もんだい）	問題；事項
2	宿題（しゅくだい）	作業，家庭作業
3	テスト	考試，試驗
4	意味（いみ）	意思，含意
5	名前（なまえ）	名字，名稱
6	番号（ばんごう）	號碼，號數
7	片仮名（かたかな）	片假名
8	平仮名（ひらがな）	平假名
9	漢字（かんじ）	漢字
10	作文（さくぶん）	作文
11	留学生（りゅうがくせい）	留學生
12	夏休み（なつやすみ）	暑假
13	休み（やすみ）	休息；休假

小專欄

什麼是「和製漢字」呢？

➡ 就是由日本人獨創的漢字。這些字雖然在我們的國字裡是找不到的，但，看起來是不是有似曾相識的感覺呢？那是因為日本人是根據中國的造字法而自創的「會意」或「形聲」漢字。由於寫法及意思都跟中國漢字的部首關係密切。所以只要聯想漢字跟我們國字的意思，就能記住這些單字啦！例如：

- 働く（はたらく）（工作）：「人」在「動」就是工作、勞動。
- 辻（つじ）（十字路口）：「十」是十字，「辶」是走。走到十字路，就是十字路口了。
- 畑（はたけ）（旱田）：「火」是旱的意思，火田就是旱田了。
- 峠（とうげ）（山頂）：從「下」往「上」爬「山」，這樣一直爬就是山頂了。

什麼是「外來語」呢？

➡ 外來語就是從外國借來的詞彙。主要指完全或部分音譯的詞彙喔！

例如：カメラ【camera】相機、テスト【test】考試、ニュース【news】新聞…等。

主題⑭ 文具用品

單字	中文
❶ お金（かね）	錢，貨幣
❷ ボールペン	原子筆，鋼珠筆
❸ 万年筆（まんねんひつ）	鋼筆
❹ コピー	拷貝，複製，副本
❺ 字引（じびき）	字典，辭典
❻ ペン	筆，原子筆，鋼筆
❼ 新聞（しんぶん）	報紙
❽ 本（ほん）	書，書籍
❾ ノート	筆記本；備忘錄
❿ 鉛筆（えんぴつ）	鉛筆
⓫ 辞書（じしょ）	字典，辭典
⓬ 雑誌（ざっし）	雜誌，期刊
⓭ 紙（かみ）	紙

Notice 您知道這些我們常用的文具用品日文怎麼說嗎？來背背看主題 14 的單字吧！

主題⑮ 工作及郵局

	單字	中文		單字	中文
❶	生徒（せいと）	（中學、高中）學生	❽	警官（けいかん）	警官，警察
❷	先生（せんせい）	老師；醫生	❾	葉書（はがき）	明信片
❸	学生（がくせい）	學生	❿	切手（きって）	郵票
❹	医者（いしゃ）	醫生，大夫	⓫	手紙（てがみ）	信，書信
❺	お巡（まわ）りさん	警察，巡警	⓬	封筒（ふうとう）	信封，封套
❻	会社（かいしゃ）	公司；商社	⓭	切符（きっぷ）	票，車票
❼	仕事（しごと）	工作；職業	⓮	ポスト	郵筒，信箱

Notice 您知道下面這些職業跟物品日文怎麼說嗎？快來練練看主題 15 的單字吧！

Track 1-29

主題⑯ 方向位置

❶ 東（ひがし）	東方，東邊
❷ 西（にし）	西方，西邊
❸ 南（みなみ）	南方，南邊
❹ 北（きた）	北方，北邊
❺ 上（うえ）	上面；年紀大
❻ 下（した）	下面；年紀小
❼ 左（ひだり）	左邊，左手
❽ 右（みぎ）	右邊，右手
❾ 外（そと）	外面；戶外
❿ 中（なか）	裡面，內部
⓫ 前（まえ）	前，前面
⓬ 後ろ（うしろ）	後面；背地裡
⓭ 向こう（むこう）	對面；另一側

Notice 前面學過了各種建築的名稱，再接著背主題 16 的單字，問路就沒問題了！

Track 1-30

主題⑰ 位置、距離、重量等

❶ 隣（となり）	鄰居；隔壁	❽ キロ(グラム)	千克，公斤
❷ 側（そば）／傍（そば）	旁邊；附近	❾ グラム	公克
❸ 横（よこ）	寬；旁邊	❿ キロ（メートル）	一千公尺，一公里
❹ 角（かど）	角；角落	⓫ メートル	公尺，米
❺ 近く（ちかく）	近旁；近期	⓬ 半分（はんぶん）	一半，二分之一
❻ 辺（へん）	附近；程度	⓭ 次（つぎ）	下次；其次
❼ 先（さき）	早；前端	⓮ 幾ら（いくら）	多少（錢，數量等）

Notice 哇！池塘裡好多蝌蚪，還記得主題 17 的單字嗎？快來練習看看！

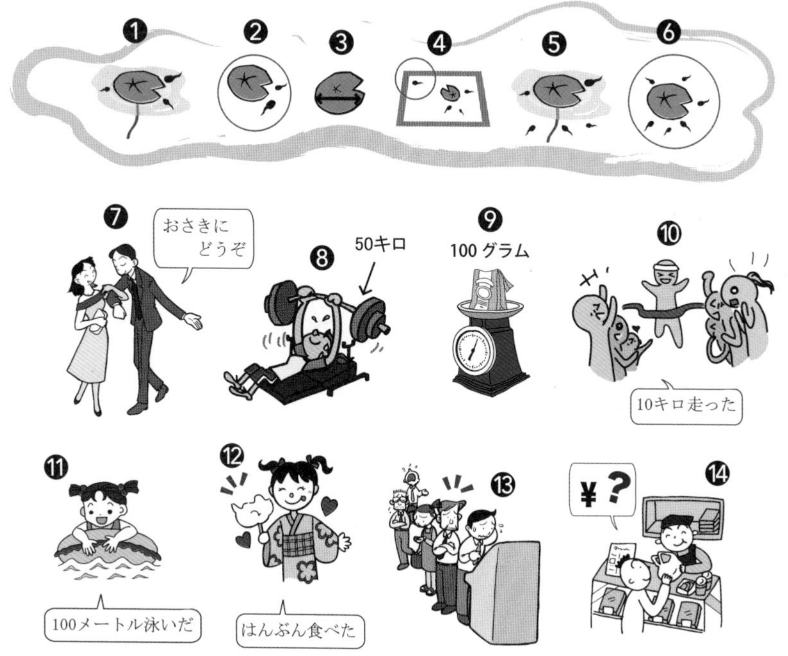

Track 1-31

主題❶ 意思相對的

❶ 熱(あつ)い	熱的；熱心
❷ 冷(つめ)たい	冷的；冷淡
❸ 新(あたら)しい	新的；新鮮的
❹ 古(ふる)い	以往；老舊
❺ 厚(あつ)い	厚；（感情）深厚
❻ 薄(うす)い	薄；待人冷淡
❼ 甘(あま)い	甜的；甜蜜的
❽ 辛(から)い／鹹(から)い	辛辣；鹹的
❾ 良(い)い／良(よ)い	良好；可以
❿ 悪(わる)い	不好；錯誤
⓫ 忙(いそが)しい	忙，忙碌
⓬ 暇(ひま)	時間；暇餘
⓭ 嫌(きら)い	厭惡，不喜歡
⓮ 好(す)き	喜好；愛
⓯ 美味(おい)しい	美味的，好吃的
⓰ 不味(まず)い	不好吃，難吃
⓱ 多(おお)い	多，多的
⓲ 少(すく)ない	少，不多
⓳ 大(おお)きい	巨大；廣大
⓴ 小(ちい)さい	小的；微少
㉑ 重(おも)い	重，沉重
㉒ 軽(かる)い	輕巧的；輕微的
㉓ 面白(おもしろ)い	好玩；新奇
㉔ つまらない	無趣；無意義
㉕ 汚(きたな)い	骯髒；雜亂無章
㉖ 綺麗(きれい)	漂亮；整潔
㉗ 静(しず)か	靜止；平靜
㉘ 賑(にぎ)やか	繁華；有說有笑
㉙ 上手(じょうず)	擅長，高明
㉚ 下手(へた)	不擅長，笨拙
㉛ 狭(せま)い	狹窄，狹隘
㉜ 広(ひろ)い	廣闊；廣泛
㉝ 高(たか)い	貴；高的
㉞ 低(ひく)い	低矮；卑微
㉟ 近(ちか)い	近；相似
㊱ 遠(とお)い	遠；久遠

㊲ 強(つよ)い	強壯；堅強
㊳ 弱(よわ)い	弱的；不擅長
㊴ 長(なが)い	長久，長遠
㊵ 短(みじか)い	短少；近
㊶ 太(ふと)い	粗，肥胖
㊷ 細(ほそ)い	細小；狹窄
㊸ 難(むずか)しい	困難；麻煩
㊹ やさしい	簡單，容易
㊺ 明(あか)るい	明亮；鮮明
㊻ 暗(くら)い	黑暗；發暗
㊼ 速(はや)い	快速
㊽ 遅(おそ)い	遲緩；（時間上）遲

Track 1-32

主題❷ 其他形容詞

❶ 暖(あたた)かい／温(あたた)かい	溫暖的；親切的
❷ 危(あぶ)ない	危險；危急
❸ 痛(いた)い	疼痛；痛苦
❹ 可愛(かわい)い	可愛，討人喜愛
❺ 楽(たの)しい	快樂，愉快
❻ 無(な)い	沒有；無
❼ 早(はや)い	迅速，早
❽ 丸(まる)い／円(まる)い	圓形，球形
❾ 安(やす)い	便宜
❿ 若(わか)い	年輕，有朝氣

小專欄

「同音異字」

そつ？

そつ、そう。

「同音異字」：讀音相同但寫法不同的字，字義有可能不同。例：

字彙	讀音	中譯	相反詞	例
熱い	あつい	熱的、燙的	冷(つめ)たい	熱(あつ)いスープ／熱湯
暑い		（天氣）炎熱的	寒(さむ)い	夏(なつ)は暑(あつ)い／夏天很熱
厚い		厚的	薄(うす)い	厚(あつ)いコート／厚大衣

Track 1-33

主題❸ 其他形容動詞

❶ 嫌（いや）	不喜歡；厭煩	❽ 大好き（だいすき）	非常喜歡，最喜好
❷ 色々（いろいろ）	各式各樣，形形色色	❾ 大切（たいせつ）	重要；心愛
❸ 同じ（おなじ）	相同的；同一個	❿ 大変（たいへん）	重大，嚴重
❹ 結構（けっこう）	足夠；（表示否定）不要	⓫ 便利（べんり）	方便，便利
❺ 元気（げんき）	精神；健康	⓬ 本当（ほんとう）	真正
❻ 丈夫（じょうぶ）	健康；堅固	⓭ 有名（ゆうめい）	有名，著名
❼ 大丈夫（だいじょうぶ）	牢固；沒問題	⓮ 立派（りっぱ）	出色；美觀

小專欄

形容動詞的5種種類

種類	例
日文固有的形容動詞	鮮（あざ）やかだ／鮮艷的
直接採用漢字的形容動詞	有名（ゆうめい）だ／有名的
與漢字原意不同，日本另創的漢字形容動詞	丈夫（じょうぶ）だ／堅固的
名詞加接尾詞「的」	健康的（けんこうてき）だ／健康的
以外來語造的形容動詞	ユーモアだ／幽默的

そつ？
そつ、そう。

Track 1-34

主題 1 意思相對的

單字	中文	單字	中文
1 飛(と)ぶ	飛行，飛翔	19 出(で)掛(か)ける	出門；要出去
2 歩(ある)く	走路，步行	20 帰(かえ)る	回來；回歸
3 入(い)れる	放入；送進	21 出(で)る	出去，離開
4 出(だ)す	取出；伸出	22 入(はい)る	進入，裝入
5 行(い)く／行(ゆ)く	去往；離去	23 起(お)きる	立起來；起床
6 来(く)る	來，到來	24 寝(ね)る	睡覺；躺
7 売(う)る	販賣；出賣	25 脱(ぬ)ぐ	脫去，摘掉
8 買(か)う	購買	26 着(き)る	（穿）衣服
9 押(お)す	推擠；按壓	27 休(やす)む	休息；就寢
10 引(ひ)く	拖；翻查	28 働(はたら)く	工作，勞動
11 降(お)りる	降落；（從車，船等）下來	29 生(う)まれる	出生；出現
12 乗(の)る	騎乘；登上	30 死(し)ぬ	死亡；停止活動
13 貸(か)す	借出；出租	31 覚(おぼ)える	記住；學會
14 借(か)りる	借（進來）；租借	32 忘(わす)れる	忘記；忘懷
15 座(すわ)る	坐，跪座	33 教(おし)える	指導；教訓
16 立(た)つ	站立；升	34 習(なら)う	學習，練習
17 食(た)べる	吃，喝	35 読(よ)む	閱讀；唸
18 飲(の)む	喝，吞	36 書(か)く	書寫；作（畫）

㊲ 分(わ)かる	明白；瞭解
㊳ 困(こま)る	感到傷腦筋；難受
㊴ 聞(き)く	聽；聽說
㊵ 話(はな)す	說；告訴（別人）
㊶ 描(か)く	繪製；描寫

Track 1-35

主題❷ 有自他動詞的（為了方便記憶，他動詞的單字中譯前，多加入了「使」字。）

❶ 開(あ)く	（自）打開；開業
❷ 開(あ)ける	（他）使打開；使開始
❸ 掛(か)かる	（自）掛上；覆蓋
❹ 掛(か)ける	（他）使掛在；使戴上
❺ 消(き)える	（自）熄滅；消失
❻ 消(け)す	（他）使撲滅；使抹去
❼ 閉(し)まる	（自）關閉
❽ 閉(し)める	（他）使關閉；使繫緊
❾ 並(なら)ぶ	（自）並排，對排
❿ 並(なら)べる	（他）使排列；使擺放
⓫ 始(はじ)まる	（自）開始；發生
⓬ 始(はじ)める	（他）使開始，使創始

小專欄

無相對應的自他動詞？

有些動詞是沒有相對應的自、他動詞喔！例：

類別	舉例
只有自動詞，無對應他動詞	行(い)く／去；歩(ある)く／走
只有他動詞，無對應自動詞	読(よ)む／讀；送(おく)る／寄送
自動詞和他動詞同形	伴(ともな)う／伴隨；結(むす)ぶ／結合

釘子呢？

不看了

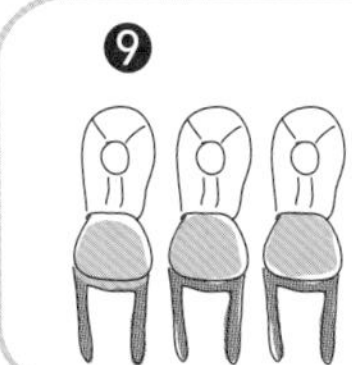

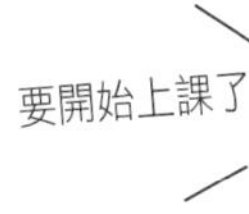

開始上課吧

Track 1-36

主題3 する動詞

❶	する	做，進行
❷	洗濯（せんたく）・する	洗衣服，清洗
❸	掃除（そうじ）・する	打掃，清掃
❹	旅行（りょこう）・する	旅行，旅遊
❺	散歩（さんぽ）・する	散步，隨便走走
❻	勉強（べんきょう）・する	努力學習，唸書
❼	練習（れんしゅう）・する	練習，反覆學習
❽	結婚（けっこん）・する	結婚
❾	質問（しつもん）・する	提問，問題

Track 1-37

主題4 其他動詞

❶	会（あ）う	見面，遇見
❷	上（あ）げる／挙（あ）げる	送給；舉起
❸	遊（あそ）ぶ	遊玩；遊覽
❹	浴（あ）びる	淋；曬
❺	洗（あら）う	清洗；（徹底）調查
❻	在（あ）る	在，存在
❼	有（あ）る	持有，具有
❽	言（い）う	說；講話
❾	居（い）る	有；居住
❿	要（い）る	需要，必要
⓫	歌（うた）う	唱歌；歌頌
⓬	置（お）く	放置；降
⓭	泳（およ）ぐ	游泳；穿過
⓮	終（お）わる	完畢，結束
⓯	返（かえ）す	歸還；送回（原處）
⓰	掛（か）ける	打電話
⓱	被（かぶ）る	戴（帽子等）；蓋（被子）
⓲	切（き）る	裁剪；切傷
⓳	下（くだ）さい	請給（我）；請～
⓴	答（こた）える	回答，解答

21 咲く（さ） 開（花）

22 差す（さ） 撐（傘等）；插

23 締める（し） 勒緊；繫著

24 知る（し） 得知；理解

25 吸う（す） 吸；啜

26 住む（す） 居住；棲息

27 頼む（たの） 請求；委託

28 違う（ちが） 差異；錯誤

29 使う（つか） 使用；雇傭

30 疲れる（つか） 疲倦，疲勞

31 着く（つ） 到達；寄到

32 作る（つく） 做；創造

33 点ける（つ） 點燃；扭開（開關）

34 勤める（つと） 工作；任職

35 出来る（でき） 辦得到；做好

36 止まる（と） 停止；停頓

37 取る（と） 拿取；摘

38 撮る（と） 拍照，拍攝

39 鳴く（な） 叫，鳴

40 無くす（な） 喪失

41 為る（な） 成為；當（上）

42 登る（のぼ） 登；攀登（山）

43 履く／穿く（は／は） 穿（鞋，襪；褲子等）

44 走る（はし） 奔跑；行駛

45 貼る（は） 貼上，黏上

46 弾く（ひ） 彈奏，彈撥

47 吹く（ふ） （風）刮；吹氣

48 降る（ふ） 落，降（雨，雪，霜等）

49 曲がる（ま） 彎曲；拐彎

50 待つ（ま） 等待；期待

51 磨く（みが） 擦亮；研磨

52 見せる（み） 讓～看；表示

53 見る（み） 觀看；照料

54 申す（もう） 稱；說

55 持つ（も） 拿，攜帶

56 やる 做；送去

57 呼ぶ（よ） 呼叫；喚來

58 渡る（わた） 過(河);(從海外) 渡來

59 渡す（わた） 交給，交付

Track 1-38

主題❶ 時候

❶	一昨日	おととい	前天
❷	昨日	きのう	昨天；近來
❸	今日	きょう	今天
❹	今	いま	現在；馬上
❺	明日	あした	明天
❻	明後日	あさって	後天
❼	毎日	まいにち	每天，天天
❽	朝	あさ	早上，早晨
❾	今朝	けさ	今天早上
❿	毎朝	まいあさ	每天早上
⓫	昼	ひる	中午；午飯
⓬	午前	ごぜん	上午，午前
⓭	午後	ごご	下午，午後
⓮	夕方	ゆうがた	傍晚
⓯	晩	ばん	晚，晚上
⓰	夜	よる	晚上，夜裡
⓱	夕べ	ゆうべ	昨天晚上，昨夜
⓲	今晩	こんばん	今天晚上，今夜
⓳	毎晩	まいばん	每天晚上
⓴	後	あと	（時間）以後；（地點）後面
㉑	初め(に)	はじ	開始；起因
㉒	時間	じかん	時間；時刻
㉓	～時間	じかん	～小時，～點鐘
㉔	何時	いつ	幾時；平時

Track 1-39

主題❷ 年、月份

❶	先月	せんげつ	上個月
❷	今月	こんげつ	這個月
❸	来月	らいげつ	下個月
❹	毎月／毎月	まいげつ／まいつき	每個月
❺	一月	ひとつき	一個月
❻	一昨年	おととし	前年

	單字	中文
❼	去年（きょねん）	去年
❽	今年（ことし）	今年
❾	来年（らいねん）	明年
❿	再来年（さらいねん）	後年
⓫	毎年（まいねん）／毎年（まいとし）	每年
⓬	年（とし）	年；年紀
⓭	～時（とき）	時

Track 1-40

主題❸ 代名詞

	單字	中文
❶	これ	這個；此時
❷	それ	那個；那時
❸	あれ	那個；那時
❹	どれ	哪個
❺	ここ	這裡；（表程度，場面）此
❻	そこ	那兒，那邊
❼	あそこ	那邊
❽	どこ	何處，哪裡
❾	こちら	這邊；這位
❿	そちら	那裡；那位
⓫	あちら	那裡；那位
⓬	どちら	哪裡，哪位
⓭	この	這～，這個～
⓮	その	那～，那個～
⓯	あの	那裡，哪個
⓰	どの	哪個，哪～
⓱	こんな	這樣的，這種的
⓲	どんな	什麼樣的；不拘什麼樣的
⓳	誰（だれ）	誰，哪位
⓴	誰か（だれ）	誰啊
㉑	どなた	哪位，誰
㉒	何（なに）／何（なん）	什麼；表示驚訝

主題❹ 感嘆詞及接續詞

❶ ああ	（表示驚訝等）啊；哦
❷ あのう	喂；嗯（招呼人時，說話躊躇或不能馬上說出下文時）
❸ いいえ	（用於否定）不是，沒有
❹ ええ/ええ	（用降調表示肯定）是的；（用升調表示驚訝）哎呀
❺ さあ	（表示勸誘，催促）來；表遲疑的聲音
❻ じゃ/じゃあ	那麼（就）
❼ そう	（回答）是；那麼
❽ では	那麼，這麼說
❾ はい	（回答）有；（表示同意）是的
❿ もしもし	（打電話）喂
⓫ しかし	然而，可是
⓬ そうして/そして	然後；於是
⓭ それから	然後；其次
⓮ それでは	如果那樣；那麼
⓯ でも	可是；就算

小專欄

感歎詞及接續詞種類

接續詞用法種類	例	感歎詞種類	例
順接	それで／因此	應答	ええ／是的
逆接	しかし／然而	招呼、建議、確認、提醒等	ねえねえ／喂 おいおい／喂喂
添加、並列	そして／然後		
對比、選擇	それとも／還是	表示驚訝、感動、喜悅、困惑	うわあ／哎呀 あら／哦
轉換話題	それでは／那麼		

主題 5 副詞、副助詞

1	余(あま)り	不太～，不怎麼～
2	一々(いちいち)	一個一個；全部
3	一番(いちばん)	第一；最好
4	何時(いつ)も	隨時；日常
5	すぐ（に）	立刻；輕易
6	少(すこ)し	一下子；少量
7	全部(ぜんぶ)	全部，總共
8	大抵(たいてい)	大體；多半
9	大変(たいへん)	很，非常
10	沢山(たくさん)	很多；足夠
11	多分(たぶん)	大概；恐怕
12	段々(だんだん)	漸漸地
13	丁度(ちょうど)	剛好；正
14	一寸(ちょっと)	稍微；一下子
15	どう	怎麼，如何
16	どうして	為什麼；如何
17	どうぞ	請；可以
18	どうも	實在；謝謝
19	時々(ときどき)	有時，偶而
20	とても	非常；無論如何也～
21	何故(なぜ)	為何，為什麼
22	初(はじ)めて	最初，第一次
23	本当(ほんとう)に	真正，真實
24	又(また)	再；也
25	未(ま)だ	還；仍然
26	真(ま)っ直(す)ぐ	筆直；一直
27	もう	另外，再
28	もう	已經；馬上就要
29	もっと	更，進一步
30	ゆっくり（と）	再，更稍微
31	よく	經常，常常
32	如何(いかが)	如何，怎麼樣
33	～位(くらい)／～位(ぐらい)	大概，左右（推測）
34	ずつ	每～；表示反覆多次
35	だけ	只～
36	ながら	邊～邊～，一面～一面～

主題 6 接頭、接尾詞及其他

編號	詞彙（讀音）	意思
❶	御～（お）／御～（おん）	表示尊敬語及美化語
❷	～時（じ）	～點，～時
❸	～半（はん）	～半，一半
❹	～分（ふん）／～分（ぷん）	（時間）～分;（角度）分
❺	～日（にち）	號（日期）；天（計算日數）
❻	～中（じゅう）	整個，全
❼	～中（ちゅう）	期間，正在～當
❽	～月（がつ）	～月
❾	～ヶ月（かげつ）	～個月
❿	～年（ねん）	年（也用於計算年數）
⓫	～頃（ころ）／～頃（ごろ）	（表示時間）左右；正好的時候
⓬	～過ぎ（す）	超過～，過渡
⓭	～側（がわ）	～邊；～方面
⓮	～達（たち）	～們，～等
⓯	～屋（や）	～店，商店或工作人員
⓰	～語（ご）	～語
⓱	～がる	覺得～
⓲	～人（じん）	～人
⓳	～等（など）	～等
⓴	～度（ど）	～次；～度
㉑	～前（まえ）	～前，之前
㉒	～時間（じかん）	～小時，～點鐘
㉓	～円（えん）	日圓（日本的貨幣單位）；圓（形）
㉔	皆（みんな）	大家，全部
㉕	方（ほう）	（用於並列或比較屬於哪一）部類，類型
㉖	外（ほか）	其他；旁邊

N5
vocabulary

JLPT

N5單字＋文法

-五十音順編排

あ ああ～あさごはん

0001

ああ

感（表肯定）哦；嗯；ああ（表驚訝等）啊，唉呀

Track 2 1

類 あっ（啊！）

例 ああ、白いセーターの人ですか。

／啊！是穿白色毛衣的人嗎？

文法

形容詞＋名詞

▶ 形容詞修飾名詞。形容詞本身有「…的」之意，所以形容詞不再加「の」。

0002

あう【会う】

自五 見面，會面；偶遇，碰見

對 別れる（離別）

例 大山さんと駅で会いました。

／我在車站與大山先生碰了面。

文法

と[跟…]

▶ 表示跟對象互相進行某動作，如結婚、吵架或偶然在哪裡碰面等等。

0003

あおい【青い】

形 藍的，綠的，青的；不成熟

類 ブルー（blue・藍色）；若い（不成熟）

例 そこの海は青くてきれいです。

／那裡的海洋既蔚藍又美麗。

文法

そこ[那裡]

▶ 場所指示代名詞。指離聽話者近的場所。

0004

あかい【赤い】

形 紅的

類 レッド（red・紅色）

例 赤いトマトがおいしいですよ。

／紅色的蕃茄很好吃喔。

文法

よ[喔]

▶ 請對方注意，或使對方接受自己的意見時，用來加強語氣。說話者認為對方不知道，想引起對方注意。

▶ 近 句子＋わ[…呢]

0005

あかるい【明るい】

形 明亮；光明，明朗；鮮豔

類 元気（朝氣） 對 暗い（暗）

例 明るい色が好きです。

／我喜歡亮的顏色。

文法

が

▶ 表示好惡、需要及想要得到的對象，還有能夠做的事情、明白瞭解的事物，以及擁有的物品。

讀書計劃：□□／□□

0006 □□□

あき
【秋】

㊔ 秋天，秋季

類 フォール（fall・秋天）；季節（季節） 對 春（春天）

例 秋は涼しくて食べ物もおいしいです。
／秋天十分涼爽，食物也很好吃。

文法
…は…です[…是…]
▶ 主題是後面要敘述或判斷的對象。對象只限「は」所提示範圍。「です」表示對主題的斷定或説明。

0007 □□□

あく
【開く】

自五 開，打開；開始，開業

類 開く（打開） 對 閉まる（關閉）

例 日曜日、食堂は開いています。／星期日餐廳有營業。

0008 □□□

あける
【開ける】

他下一 打開，開（著）；開業

類 開く（打開） 對 閉める（關閉）

例 ドアを開けてください。／請把門打開。

文法 を
▶ 表示動作的目的或對象。
▶ 近 をもらいます[得到]

0009 □□□

あげる
【上げる】

他下一 舉起；抬起

對 下げる（降下）

例 分かった人は手を上げてください。
／知道的人請舉手。

文法
動詞＋名詞
▶ 動詞的普通形，可以直接修飾名詞。

0010 □□□

あさ
【朝】

㊔ 早上，早晨；早上，午前

類 昼（白天） 對 晩（晚上）

例 朝、公園を散歩しました。／早上我去公園散了步。

文法 を
▶ 表示經過或移動的場所。

0011 □□□

あさごはん
【朝ご飯】

㊔ 早餐，早飯

類 朝食（早飯） 對 晩ご飯（晚餐）

例 朝ご飯を食べましたか。／吃過早餐了嗎？

文法 を
▶ 表動作的目的或對象。

あ か さ た な は ま や ら わ 練習

0012 □□□

あさって【明後日】 名 後天

類 明後日（みょうごにち）（後天） 對 一昨日（おととい）（前天）

例 あさってもいい天気（てんき）ですね。

／後天也是好天氣呢！

文法

…も…［也…，又…］

▸ 用於再累加上同一類型的事物。

0013 □□□

あし【足】 名 腳；（器物的）腿

類 体（からだ）（身體） 對 手（て）（手）

例 私（わたし）の犬（いぬ）は足（あし）が白（しろ）い。

／我的狗狗腳是白色的。

文法 …の…［…的…］

▸ 用於修飾名詞，表示該名詞的所有者、內容說明、作成者、數量、材料還有時間、位置等等。

▸ 近 名詞＋の［名詞修飾主語］

0014 □□□

あした【明日】 名 明天

類 明日（あす）（明天） 對 昨日（きのう）（昨天）

例 村田（むらた）さんは明日（あした）病院（びょういん）へ行（い）きます。

／村田先生明天要去醫院。

文法

へ［往…，去…］

▸ 前接跟地方有關的名詞，表示動作、行為的方向。同時也指行為的目的地。

0015 □□□

あそこ 代 那邊，那裡

類 あちら（那裡）

例 あそこまで走（はし）りましょう。

／一起跑到那邊吧。

文法

ましょう［做…吧］

▸ 表示勸誘對方一起做某事。一般用在做那一行為、動作，事先已規定好，或已成為習慣的情況。

0016 □□□

あそぶ【遊ぶ】 自五 遊玩；閒著；旅行；沒工作

類 暇（ひま）（空閒） 對 働（はたら）く（工作）

例 ここで遊（あそ）ばないでください。

／請不要在這裡玩耍。

文法

ここ［這裡］

▸ 場所指示代名詞。指離說話者近的場所。

0017 □□□

あたたかい
【暖かい】

㊢ 溫暖的；溫和的

類 優しい（有同情心的）；親切（親切） 對 涼しい（涼爽）；温い（不涼不熱）

例 この部屋は暖かいです。

／這個房間好暖和。

0018 □□□

あたま
【頭】

㊔ 頭；頭髮；（物體的上部）頂端

類 首（頭部） 對 尻（屁股）

例 私は風邪で頭が痛いです。

／我因為感冒所以頭很痛。

文法

…で［因為…］

▶ 表示原因、理由。

0019 □□□

あたらしい
【新しい】

㊢ 新的；新鮮的；時髦的

類 若い（年輕） 對 古い（舊）

例 この食堂は新しいですね。

／這間餐廳很新耶！

文法

この［這…］

▶ 指示連體詞。指離說話者近的事物。

0020 □□□

あちら

㊹ 那兒，那裡；那個；那位

類 あそこ（那裡）

例 プールはあちらにあります。

／游泳池在那邊。

文法

…は…にあります［…在…］

▶ 表示無生命事物的存在場所。

▶ 近 …は…にいます［…在…／表示有生命物存在某場所］

0021 □□□

あつい
【厚い】

㊢ 厚；（感情，友情）深厚，優厚

類 広い（寬闊） 對 薄い（薄）

例 冬は厚いコートがほしいです。

／冬天我想要一件厚大衣。

文法

…がほしい［…想要…］

▶ 表示說話者想要把什麼東西弄到手，想要把什麼東西變成自己的。

あ か さ た な は ま や ら わ 練習

あつい～あまい

0022 □□□

あつい【暑い】

㊔（天氣）熱，炎熱

對 寒い（寒冷的）

例 私の国の夏は、とても暑いです。

／我國夏天是非常炎熱。

文法

…は…です［…是…］

▶ 主題是後面要敘述或判斷的對象。對象只限「は」所提示範圍。「です」表示對主題的斷定或說明。

0023 □□□

あと【後】

㊔（地點）後面；（時間）以後；（順序）之後；（將來的事）以後

類 後ろ（背後） 對 先（前面）

例 顔を洗った後で、歯を磨きます。

／洗完臉後刷牙。

文法

たあとで［…以後…］

▶ 表示前項的動作做完後，相隔一定的時間發生後項的動作。

0024 □□□

あなた【貴方・貴女】

㊹（對長輩或平輩尊稱）你，您；（妻子稱呼先生）老公

類 君（妳，你） 對 私（我）

例 あなたのお住まいはどちらですか。

／你府上哪裡呢？

文法

どちら［哪邊；哪位］

▶ 方向指示代名詞，表示方向的不確定和疑問。也可以用來指人。也可說成「どっち」。

0025 □□□

Track 2

あに【兄】

㊔ 哥哥，家兄；姐夫

類 姉（姊姊） 對 弟（弟弟）

例 兄は料理をしています。

／哥哥正在做料理。

文法

動詞＋ています

▶ 表示動作或事情的持續，也就是動作或事情正在進行中。

0026 □□□

あね【姉】

㊔ 姊姊，家姊；嫂子

類 兄（家兄） 對 妹（妹妹）

例 私の姉は今年から銀行に勤めています。

／我姊姊今年開始在銀行服務。

文法

動詞＋ています

▶ 表示現在在做什麼職業。也表示某一動作持續到現在。

0027 □□□

あの

連體（表第三人稱，離說話雙方都距離遠的）那，那裡，那個

對 この（這，這個）

例 あの眼鏡(めがね)の方(かた)は山田(やまだ)さんです。

／那位戴眼鏡的是山田先生。

文法

あの［那…］

▸ 指示連體詞。指說話者及聽話者範圍以外的事物。後面必須接名詞。

0028 □□□

あのう

感 那個，請問，喂；啊，嗯（招呼人時，說話躊躇或不能馬上說出下文時）

類 あの（喂，那個…）；あのね（喂，那個…）

例 あのう、本(ほん)が落(お)ちましたよ。

／喂！你書掉了唷！

文法

が

▸ 描寫眼睛看得到的、耳朵聽得到的事情。

0029 □□□

アパート
【apartment house 之略】

名 公寓

類 マンション（mansion・公寓大廈）；家(いえ)（房子）

例 あのアパートはきれいで安(やす)いです。

／那間公寓既乾淨又便宜。

文法

形容動詞で＋形容詞

▸ 表示句子還沒說完到此暫時停頓，以及屬性的並列之意。還有輕微的原因。

0030 □□□

あびる
【浴びる】

他上一 淋，浴，澆；照，曬

類 洗(あら)う（洗）

例 シャワーを浴(あ)びた後(あと)で朝(あさ)ご飯(はん)を食(た)べました。／沖完澡後吃了早餐。

0031 □□□

あぶない
【危ない】

形 危險，不安全；令人擔心；（形勢，病情等）危急

類 危険(きけん)（危險） 對 安全(あんぜん)（安全）

例 あ、危(あぶ)ない！車(くるま)が来(き)ますよ。／啊！危險！有車子來囉！

0032 □□□

あまい
【甘い】

形 甜的；甜蜜的

類 美味(おい)しい（好吃） 對 辛(から)い（辣）

例 このケーキはとても甘(あま)いです。／這塊蛋糕非常甜。

あまり～いいえ

0033 □□□

あまり【余り】 副（後接否定）不太…，不怎麼…；過分，非常

類 あんまり（不大…）；とても（非常）

例 今日(きょう)はあまり忙(いそが)しくありません。／今天不怎麼忙。

文法
…は…ません
▶「は」前面的名詞或代名詞是動作、行為否定的主體。

0034 □□□

あめ【雨】 名 雨，下雨，雨天

類 雪(ゆき)（雪） 對 晴(は)れ（晴天）

例 昨日(きのう)は雨(あめ)が降(ふ)ったり風(かぜ)が吹(ふ)いたりしました。／昨天又下雨又颳風。

文法
…たり、…たりします［又是…，又是…；有時…，有時…］
▶表動作的並列，舉出代表性的，暗示還有其他的。另表動作的反覆實行，說明有多種情況或對比情況。

0035 □□□

あらう【洗う】 他五 沖洗，清洗；洗滌

類 洗濯(せんたく)（洗滌） 對 汚(よご)す（弄髒）

例 昨日(きのう)洋服(ようふく)を洗(あら)いました。／我昨天洗了衣服。

0036 □□□

ある【在る】 自五 在，存在

類 いる（在） 對 無(な)い（沒有）

例 トイレはあちらにあります。／廁所在那邊。

文法
あちら［那邊；那位］
▶方向指示代名詞，指離說話者和聽話者都遠的方向。也可以用來指人。也可說成「あっち」。

0037 □□□

ある【有る】 自五 有，持有，具有

類 いる（有）；持(も)つ（持有） 對 無(な)い（沒有）

例 春休(はるやす)みはどのぐらいありますか。／春假有多久呢？

文法
どのぐらい［多久］
▶可視句子的內容，翻譯成「多久、多少、多少錢、多長、多遠」等。

0038 □□□

あるく【歩く】

自五 走路，步行

類 散歩（散步）；走る（奔跑） 對 止まる（停止）

例 歌を歌いながら歩きましょう。

／一邊唱歌一邊走吧！

文法

ながら［一邊…一邊…］

▶ 表示同一主體同時進行兩個動作。

0039 □□□

あれ

代 那，那個；那時；那裡

類 あちら（那個） 對 これ（這個）

例 これは日本語の辞書で、あれは英語の辞書です。

／這是日文辭典，那是英文辭典。

文法

これ［這個］

▶ 事物指示代名詞。指離說話者近的事物。

い

0040 □□□

いい・よい【良い】

形 好，佳，良好；可以

類 結構（非常好） 對 悪い（不好）

例 ここは静かでいい公園ですね。

／這裡很安靜，真是座好公園啊！

文法

ね［啊，呢］

▶ 表示輕微的感嘆，或話中帶有徵求對方認同的語氣。另外也表示跟對方做確認的語氣。

0041 □□□

いいえ

感（用於否定）不是，不對，沒有

類 いや（不） 對 はい、ええ、うん（是）

例「コーヒー、もういっぱいいかがですか。」「いいえ、結構です。」

／「要不要再來一杯咖啡呢？」「不了，謝謝。」

文法

いかが［如何，怎麼樣］

▶ 詢問對方的想法及健康狀況，及不知情況如何或該怎麼做等。比「どう」禮貌更佳。也用在勸誘時。

いう～いそがしい

0042 □□□

いう【言う】

(自·他五) 說，講；說話，講話

類 話す（說）

例 山田さんは「家内といっしょに行きました。」と言いました。

／山田先生說「我跟太太一起去了」。

文法

…と

▶ 引用內容。表示說了什麼、寫了什麼。

0043 □□□

いえ【家】

(名) 房子，房屋；(自己的) 家；家庭

類 家（自家；房屋）；お宅（家；府上）；住まい（住處）

例 毎朝何時に家を出ますか。

／每天早上幾點離開家呢？

文法

なん［什麼］

▶ 代替名稱或情況不瞭解的事物。也用在詢問數字時。

0044 □□□

いかが【如何】

(副·形動) 如何，怎麼樣

類 どう（怎麼樣）

例 ご飯をもういっぱいいかがですか。

／再來一碗飯如何呢？

文法

か［嗎，呢］

▶ 接於句末，表示問別人自己想知道的事。

0045 □□□

Track 2 3

いく·ゆく【行く】

(自五) 去，往；離去；經過，走過

類 出かける（出門） 對 来る（來）

例 大山さんはアメリカに行きました。

／大山先生去了美國。

文法

に［往…，去…］

▶ 前接跟地方有關的名詞，表示動作、行為的方向。同時也指行為的目的地。

0046 □□□

いくつ【幾つ】

(名) (不確定的個數，年齡) 幾個，多少；幾歲

類 何個（多少個）；いくら（多少）

例 りんごは幾つありますか。

／有幾顆蘋果呢？

文法

いくつ［幾個、多少］

▶ 表示不確定的個數，只用在問小東西的時候。

讀書計劃：□□／□□

0047 □□□

いくら【幾ら】 ㊔ 多少（錢，價格，數量等）

類 どのくらい（多少）

例 この本(ほん)はいくらですか。
／這本書多少錢？

文法

いくら［多少］

▶ 表示不明確的數量、程度、價格、工資、時間、距離等。

0048 □□□

いけ【池】 ㊔ 池塘；（庭院中的）水池

類 湖(みずうみ)（湖泊）

例 池(いけ)の中(なか)に魚(さかな)がいます。
／池子裡有魚。

文法

…に…がいます［…有…］

▶ 表某處存在某物或人。也就是有生命的人或動物的存在場所。

0049 □□□

いしゃ【医者】 ㊔ 醫生，大夫

類 先生(せんせい)（醫生；老師） 對 患者(かんじゃ)（病患）

例 私(わたし)は医者(いしゃ)になりたいです。
／我想當醫生。

文法

たい［…想要做…］

▶ 表示說話者內心希望某一行為能實現，或是強烈的願望。疑問句時表示聽話者的願望。

0050 □□□

いす【椅子】 ㊔ 椅子

類 席(せき)（席位） 對 机(つくえ)（桌子）

例 椅子(いす)や机(つくえ)を買(か)いました。
／買了椅子跟書桌。

文法

…や…［…和…］

▶ 表示在幾個事物中，列舉出二、三個來做為代表，其他的事物就被省略下來，沒有全部說完。

0051 □□□

いそがしい【忙しい】 ㊊ 忙，忙碌

對 暇(ひま)（空閒）

例 忙(いそが)しいから、新聞(しんぶん)は読(よ)みません。
／因為太忙了，所以沒看報紙。

文法

…から、…［因為…］

▶ 表示原因、理由。說話者出於個人主觀理由，進行請求、命令、希望、主張及推測。

▶ 近 なくて［因為沒有…；不…所以…］

いたい～いつつ

0052 □□□

いたい
【痛い】

㊮ 疼痛；（因為遭受打擊而）痛苦，難過

類 大変（嚴重）

例 午前中から耳が痛い。
／從早上開始耳朵就很痛。

文法
ちゅう［整…］
▶ 表示那個期間裡之意。
▶ 近 ちゅう［…中，正在…］
▶ 表示正在做什麼。
例「電話中」（電話中）

0053 □□□

いただきます
【頂きます】

寒暄（吃飯前的客套話）我就不客氣了

對 ご馳走様（我吃飽了）

例 では、頂きます。／那麼，我要開動了。

0054 □□□

いち
【一】

㊔（數）一；第一，最初；最好

類 一つ（一個）

例 日本語は一から勉強しました。
／從頭開始學日語。

0055 □□□

いちいち
【一々】

副 一一，一個一個；全部；詳細

類 一つ一つ（一個一個）

例 ペンをいちいち数えないでください。
／筆請不要一支支數。

文法
…ないでください
［請不要…］
▶ 表示否定的請求命令，請求對方不要做某事。

0056 □□□

いちにち
【一日】

㊔ 一天，終日；一整天；一號（ついたち）

類 1日（1號） 對 毎日（每天）

例 今日は一日中暑かったです。
／今天一整天都很熱。

文法
じゅう［整…］
▶ 表示整個時間上的期間一直怎樣，或整個空間上的範圍之內。

0057 □□□

いちばん【一番】

名·副 最初，第一；最好，最優秀

類 初め（最初；開始）

例 誰が一番早く来ましたか。

／誰是最早來的？

文法

だれ［誰］

▶ 是詢問人的詞。

0058 □□□

いつ【何時】

代 何時，幾時，什麼時候；平時

類 何時（幾點鐘）

例 冬休みはいつから始まりましたか。

／寒假是什麼時候開始放的？

文法

いつ［何時，幾時］

▶ 表示不肯定的時間或疑問。

0059 □□□

いつか【五日】

名（每月）五號，五日；五天

類 5日間（五天）

例 一ヶ月に五日ぐらい走ります。

／我一個月大約跑五天步。

文法

に

▶ 表示某一範圍內的數量或次數。

0060 □□□

いっしょ【一緒】

名·自サ 一塊，一起；一樣；（時間）一齊，同時

對 別（個別）

例 明日一緒に映画を見ませんか。

／明天要不要一起看場電影啊？

文法

ませんか［要不要…呢］

▶ 表示行為、動作是否要做，在尊敬對方抉擇的情況下，有禮貌地勸誘一起做某事。

0061 □□□

いつつ【五つ】

名（數）五個；五歲；第五（個）

類 五個（五個）

例 日曜日は息子の五つの誕生日です。

／星期日是我兒子的五歲生日。

いつも～いる

0062 □□□

いつも【何時も】

副 經常，隨時，無論何時

類 たいてい（大都）；よく（經常） 對 ときどき（偶爾）

例 私(わたし)はいつも電気(でんき)を消(け)して寝(ね)ます。

／我平常會關燈睡覺。

文法

動詞＋て

▶ 這些行為動作一個接著一個，按照時間順序進行。

0063 □□□

いぬ【犬】

名 狗

類 動物(どうぶつ)（動物）；ペット（pet・寵物）

例 猫(ねこ)は外(そと)で遊(あそ)びますが、犬(いぬ)は遊(あそ)びません。

／貓咪會在外頭玩，可是狗不會。

文法

…は…が、…は…［但是…］

▶ 區別、比較兩個對立的事物，對照地提示兩種事物。

0064 □□□

いま【今】

名 現在，此刻

副（表最近的將來）馬上；剛才

類 さっき（剛才） 對 昔(むかし)（以前）

例 今(いま)何(なに)をしていますか。

／你現在在做什麼呢？

文法

なに［什麼］

▶ 代替名稱或情況不瞭解的事物。

0065 □□□

いみ【意味】

名（詞句等）意思，含意 ，意義

類 意義(いぎ)（意義）

例 このカタカナはどういう意味(いみ)でしょう。

／這個片假名是什麼意思呢？

0066 □□□

いもうと【妹】

名 妹妹（鄭重說法是「妹(いもうと)さん」）

類 弟(おとうと)（弟弟） 對 姉(あね)（姊姊）

例 公園(こうえん)で妹(いもうと)と遊(あそ)びます。

／我和妹妹在公園玩。

文法

で［在…］

▶ 表示動作進行的場所。

讀書計劃：□□／□□

0067 □□□

いや【嫌】

形動 討厭，不喜歡，不願意；厭煩

類 嫌い（討厭） 對 好き（喜歡）

例 今日は暑くて嫌ですね。

／今天好熱，真討厭。

文法

形容詞く＋て

▶ 表示句子還沒說完到此暫時停頓和屬性的並列的意思。還有輕微的原因。

0068 □□□

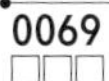

いらっしゃい・いらっしゃいませ

寒暄 歡迎光臨

類 ようこそ（歡迎）

例 いらっしゃいませ。何名様でしょうか。／歡迎光臨，請問有幾位？

0069 □□□

いりぐち【入り口】

名 入口，門口

類 口（出入口）；玄関（玄關） 對 出口（出口）

例 あそこは建物の入り口です。

／那裡是建築物的入口。

文法

あそこ［那裡］

▶ 場所指示代名詞。指離説話者和聽話者都遠的場所。

0070 □□□

いる【居る】

自上一 （人或動物的存在）有，在；居住在

類 有る（有，在）

例 どのぐらい東京にいますか。

／你要待在東京多久？

文法

に

▶ 表示存在的場所。後接「います」和「あります」表存在。「います」用在有生命物體的人，或動物的名詞。

0071 □□□

いる【要る】

自五 要，需要，必要

類 欲しい（想要）

例 郵便局へ行きますが、林さんは何かいりますか。

／我要去郵局，林先生要我幫忙辦些什麼事？

文法

が

▶ 在向對方詢問、請求、命令之前，作為一種開場白使用。

なにか［某些，什麼］

▶ 表示不確定。

いれる～うたう

0072 □□□

いれる【入れる】

(他下一) 放入，裝進；送進，收容；計算進去

類 仕舞う（收拾起來） 對 出す（拿出）

例 青いボタンを押してから、テープを入れます。
／按下藍色按鈕後，再放入錄音帶。

文法
てから［先做…，然後再做…］
▶ 表示前句的動作做完後，進行後句的動作。強調先做前項的動作。
▶ 近 たあとで［…以後…］

0073 □□□

いろ【色】

名 顏色，彩色

類 カラー（color・顏色）

例 公園にいろいろな色の花が咲いています。
／公園裡開著各種顏色的花朵。

0074 □□□

いろいろ【色々】

名・形動・副 各種各樣，各式各樣，形形色色

類 様々（各式各樣）

例 ここではいろいろな国の人が働いています。
／來自各種不同國家的人在這裡工作。

文法
では
▶ 強調格助詞前面的名詞的作用。

0075 □□□

いわ【岩】

名 岩石

類 石（石頭）

例 お寺の近くに大きな岩があります。
／寺廟的附近有塊大岩石。

文法
…に…があります［…有…］
▶ 表某處存在某物。也就是無生命事物的存在場所。

0076 □□□

うえ
【上】

㊔（位置）上面，上部

對 下（下方）

例 りんごが机の上に置いてあります。
／桌上放著蘋果。

文法
他動詞＋てあります
[…著；已…了]
▶ 表示抱著某個目的、有意圖地去執行，當動作結束之後，那一動作的結果還存在的狀態。

0077 □□□

うしろ
【後ろ】

㊔ 後面；背面，背地裡

類 後（後面；以後） 對 前（前面）

例 山田君の後ろに立っているのは誰ですか。
／站在山田同學背後的是誰呢？

0078 □□□

うすい
【薄い】

㊒ 薄；淡，淺；待人冷淡；稀少

類 細い（細小的） 對 厚い（厚的）

例 パンを薄く切りました。
／我將麵包切薄了。

文法
形容詞く＋動詞
▶ 形容詞修飾句子裡的動詞。

0079 □□□

うた
【歌】

㊔ 歌，歌曲

類 音楽（音樂）

例 私は歌で５０音を勉強しています。
／我用歌曲學 50 音。

文法
で［用…；乘坐…］
▶ 動作的方法、手段；或表示用的交通工具。

0080 □□□

うたう
【歌う】

他五 唱歌；歌頌

類 踊る（跳舞）

例 毎週一回、カラオケで歌います。／每週唱一次卡拉 OK。

うち～えき

0081 □□□

うち【家】

㊔ 自己的家裡（庭）；房屋

類 家（自家；房屋）；家族（家族） 對 外（外面）

例 きれいな家に住んでいますね。

／你住在很漂亮的房子呢！

文法

形容動詞な＋名詞

▶ 形容動詞修飾後面的名詞。

0082 □□□

うまれる【生まれる】

自下一 出生；出現

類 誕生する（誕生） 對 死ぬ（死亡）

例 その女の子は外国で生まれました。

／那個女孩是在國外出生的。

文法

その［那…］

▶ 指示連體詞。指離聽話者近的事物。

0083 □□□

うみ【海】

㊔ 海，海洋

類 川（河川） 對 山（山）

例 海へ泳ぎに行きます。

／去海邊游泳。

文法

…へ…に

▶ 表移動的場所與目的。

0084 □□□

うる【売る】

他五 賣，販賣；出賣

類 セールス（sales・銷售） 對 買う（購買）

例 この本屋は音楽の雑誌を売っていますか。

／這間書店有賣音樂雜誌嗎？

0085 □□□

うわぎ【上着】

㊔ 上衣；外衣

類 コート（coat・上衣） 對 下着（內衣）

例 春だ。もう上着はいらないね。

／春天囉。已經不需要外套了。

文法

もう［已經…了］

▶ 後接否定。表示不能繼續某種狀態了。一般多用於感情方面達到相當程度。

0086
□□□

え【絵】

㊔ 畫，圖畫，繪畫

類 字（文字）

例 この絵は誰が描きましたか。

／這幅畫是誰畫的？

文法
が
▶ 前接疑問詞。「が」也可以當作疑問詞的主語。

0087
□□□

えいが【映画】

㊔ 電影（或唸：えいが）

類 写真（照片）；映画館（電影院）

例 9時から映画が始まりました。

／電影9點就開始了。

0088
□□□

えいがかん【映画館】

㊔ 電影院

例 映画館は人でいっぱいでした。

／電影院裡擠滿了人。

0089
□□□

えいご【英語】

㊔ 英語，英文

類 日本語（日語）；言葉（語言）

例 アメリカで英語を勉強しています。

／在美國學英文。

0090
□□□

ええ

㊚（用降調表示肯定）是的，嗯；（用升調表示驚訝）哎呀，啊

類 はい、うん（是） 對 いいえ、いや（不是）

例「お母さんはお元気ですか。」「ええ、おかげさまで元気です。」

／「您母親還好嗎？」「嗯，託您的福，她很好。」

0091
□□□

Track 2 5

えき【駅】

㊔（鐵路的）車站

類 バス停（公車站）；飛行場（機場）；港（港口）

例 駅で友達に会いました。

／在車站遇到了朋友。

文法
に［給…，跟…］
▶ 表示動作、作用的對象。

エレベーター～おきる

0092 □□□

エレベーター【elevator】 ㊔ 電梯，升降機

類 階段（樓梯）

例 1階でエレベーターに乗ってください。
／請在一樓搭電梯。

文法
…てください[請…]
▶ 表示請求、指示或命令某人做某事。

0093 □□□

えん【円】 ㊔・接尾 日圓（日本的貨幣單位）；圓（形）

類 ドル（dollar・美金）；丸（圓形）

例 それは二つで5万円です。
／那種的是兩個共五萬日圓。

文法
…で…[共…]
▶ 表示數量示數量、金額的總和。

0094 □□□

えんぴつ【鉛筆】 ㊔ 鉛筆

類 ボールペン（ballpen・原子筆）

例 これは鉛筆です。／這是鉛筆。

お

0095 □□□

お・おん【御】 接頭 您（的）…，貴…；放在字首，表示尊敬語及美化語

類 御（貴〈表尊敬〉）

例 広いお庭ですね。／（貴）庭園真寬敞啊！

0096 □□□

おいしい【美味しい】 ㊢ 美味的，可口的，好吃的

類 旨い（美味） 對 不味い（難吃）

例 この料理はおいしいですよ。／這道菜很好吃喔！

0097 □□□

おおい【多い】 ㊢ 多，多的

類 沢山（很多） 對 少ない（少）

例 友だちは、多いほうがいいです。
／多一點朋友比較好。

0098 □□□

おおきい【大きい】

㊊（數量，體積，身高等）大，巨大；（程度，範圍等）大，廣大

類 広い（寬闊的） 對 小さい（小的）

例 名前は大きく書きましょう。／名字要寫大一點喔！

0099 □□□

おおぜい【大勢】

㊔ 很多人，眾多人；人數很多

類 沢山（很多） 對 一人（一個人）

例 部屋には人が大勢いて暑いです。

／房間裡有好多人，很熱。

文法

には

▶ 強調格助詞前面的名詞的作用。

0100 □□□

おかあさん【お母さん】

㊔（「母」的鄭重說法）媽媽，母親

類 母（家母） 對 お父さん（父親）

例 あれはお母さんが洗濯した服です。

／那是母親洗好的衣服。

文法 あれ［那個］

▶ 事物指示代名詞。指說話者、聽話者範圍以外的事物。

0101 □□□

おかし【お菓子】

㊔ 點心，糕點

類 ケーキ（cake・蛋糕）

例 お菓子はあまり好きではありません。

／不是很喜歡吃點心。

文法

あまり…ません［（不）很；（不）怎樣；沒多少］

▶ 表示程度不特別高，數量不特別多。

0102 □□□

おかね【お金】

㊔ 錢，貨幣

類 円（日圓）

例 車を買うお金がありません。／沒有錢買車子。

0103 □□□

おきる【起きる】

自上一（倒著的東西）起來，立起來，坐起來；起床

類 立つ（站立；出發） 對 寝る（睡覺）

例 毎朝6時に起きます。

／每天早上6點起床。

文法

に［在…］

▶ 在某時間做某事。表示動作、作用的時間。

あ か さ た な は ま や ら わ 練習

おく～おとうさん

0104

おく
【置く】

他五 放，放置；放下，留下，丟下

類 取る（放著） 對 捨てる（丟棄）

例 机の上に本を置かないでください。
／桌上請不要放書。

文法
に［…到；對…；在…；給…］
▶「に」前面接物品或場所，表施加動作的對象，或施加動作的場所、地點。

0105

おくさん
【奥さん】

名 太太；尊夫人

類 妻（太太） 對 ご主人（您的丈夫）

例 奥さん、今日は野菜が安いよ。／太太，今天蔬菜很便宜喔。

0106

おさけ
【お酒】

名 酒（「酒」的鄭重說法）；清酒

類 ビール（beer・啤酒）

例 みんながたくさん飲みましたから、もうお酒はありません。
／因為大家喝了很多，所以已經沒有酒了。

0107

おさら
【お皿】

名 盤子（「皿」的鄭重說法）

例 お皿は 10 枚ぐらいあります。
／盤子大約有 10 個。

文法
ぐらい［大約，左右，上下］
▶ 表數量上的推測、估計。一般用在無法預估正確的數量，或數量不明確時。

0108

おじいさん
【お祖父さん・お爺さん】

名 祖父；外公；（對一般老年男子的稱呼）爺爺

類 祖父（祖父） 對 お祖母さん（祖母）

例 鈴木さんのおじいさんはどの人ですか。／鈴木先生的祖父是哪一位呢？

0109

おしえる
【教える】

他下一 教授；指導；教訓；告訴

類 授業（授課） 對 習う（學習）

例 山田さんは日本語を教えています。
／山田先生在教日文。

文法 動詞＋ています
▶ 表示現在在做什麼職業。也表示某動作持續到現在。

0110 □□□

おじさん【伯父さん・叔父さん】

㊔ 伯伯，叔叔，舅舅，姨丈，姑丈

對 伯母(おば)さん（伯母）

例 伯父(おじ)さんは ６５歳(ろくじゅうごさい)です。／伯伯 65 歲了。

0111 □□□

おす【押す】

他五 推，擠；壓，按；蓋章

對 引(ひ)く（拉）

例 白(しろ)いボタンを押(お)してから、テープを入(い)れます。

／按下白色按鍵之後，放入錄音帶。

0112 □□□

おそい【遅い】

形 (速度上)慢，緩慢;(時間上)遲的，晚到的;趕不上

類 ゆっくり（慢，不著急） 對 速(はや)い（快）

例 山中(やまなか)さんは遅(おそ)いですね。

／山中先生好慢啊！

0113 □□□

おちゃ【お茶】

㊔ 茶，茶葉（「茶」的鄭重說法）；茶道

類 ティー（tea・茶）；紅茶(こうちゃ)（紅茶）

例 喫茶店(きっさてん)でお茶(ちゃ)を飲(の)みます。

／在咖啡廳喝茶。

0114 □□□

おてあらい【お手洗い】

㊔ 廁所，洗手間，盥洗室

類 トイレ（toilet・廁所）

例 お手洗(てあら)いはあちらです。

／洗手間在那邊。

0115 □□□

おとうさん【お父さん】

㊔（「父」的鄭重說法）爸爸，父親

類 父(ちち)（家父） 對 お母(かあ)さん（母親）

例 お父(とう)さんは庭(にわ)にいましたか。／令尊有在庭院嗎？

おとうと～おはようございます

0116 □□□

おとうと【弟】
名 弟弟（鄭重說法是「弟さん」）

類 妹（妹妹） 對 兄（哥哥）

例 私は姉が二人と弟が二人います。
／我有兩個姊姊跟兩個弟弟。

文法
…と…[…和…，…與…]
▶ 表示幾個事物的並列。想要敘述的主要東西，全部都明確地列舉出來。
▶ 近 とおなじ [和…相同的]

0117 □□□

おととい【一昨日】
名 前天

類 一昨日（前天） 對 明後日（後天）

例 おととい傘を買いました。／前天買了雨傘。

0118 □□□

おととし【一昨年】
名 前年

類 一昨年（前年） 對 再来年（後年）

例 おととし旅行しました。／前年我去旅行了。

0119 □□□

おとな【大人】
名 大人，成人

類 成人（成年人） 對 子ども（小孩子）

例 運賃は大人 500 円、子ども ２５０ 円です。
／票價大人是五百日圓，小孩是兩百五十日圓。

0120 □□□

おなか【お腹】
名 肚子；腸胃

類 腹（腹部） 對 背中（背後）

例 もうお昼です。お腹が空きましたね。
／已經中午了。肚子餓扁了呢。

文法 もう [已經…了]
▶ 後接肯定。表示行為、事情到了某個時間已經完了。

0121 □□□

おなじ【同じ】
名·連體·副 相同的，一樣的，同等的；同一個

類 一緒（一樣；一起） 對 違う（不同）

例 同じ日に6回も電話をかけました。
／同一天內打了六通之多的電話。

文法 …も… [之多]
▶ 前接數量詞，表示數量比一般想像的還多，有強調多的作用。含有意外的語意。

0122 □□□

おにいさん【お兄さん】

㊔ 哥哥（「兄さん」的鄭重說法）

類 お姉さん（姊姊）

例 どちらがお兄さんの本ですか。

／哪一本書是哥哥的？

文法

が

▶「が」也可以當作疑問詞的主語。

0123 □□□

おねえさん【お姉さん】

㊔ 姊姊（「姉さん」的鄭重說法）

類 お兄さん（哥哥）

例 山田さんはお姉さんといっしょに買い物に行きました。

／山田先生和姊姊一起去買東西了。

文法

といっしょに［跟…一起］

▶ 表示一起去做某事的對象。

0124 □□□

おねがいします【お願いします】

寒暄 麻煩，請

類 下さい（請給〈我〉）

例 台湾まで航空便でお願いします。

／請幫我用航空郵件寄到台灣。

0125 □□□

おばあさん【お祖母さん・お婆さん】

㊔ 祖母；外祖母；（對一般老年婦女的稱呼）老婆婆

類 祖母（祖母） 對 お祖父さん（祖父）

例 私のおばあさんは 10 月に生まれました。／我奶奶是十月生的。

0126 □□□

おばさん【伯母さん・叔母さん】

㊔ 姨媽，嬸嬸，姑媽，伯母，舅媽

對 伯父さん（伯伯）

例 伯母さんは弁護士です。／我姑媽是律師。

0127 □□□

おはようございます

寒暄（早晨見面時）早安，您早

類 おはよう（早安）

例 おはようございます。いいお天気ですね。／早安。今天天氣真好呢！

おべんとう～おんがく

0128 □□□ **おべんとう【お弁当】** ㊔ 便當

類 駅弁（車站便當）

例 コンビニにいろいろなお弁当が売っています。
／便利超商裡賣著各式各樣的便當。

0129 □□□ **おぼえる【覚える】** (他下一) 記住，記得；學會，掌握

類 知る（理解） 對 忘れる（忘記）

例 日本語の歌をたくさん覚えました。
／我學會了很多日本歌。

0130 □□□ **おまわりさん【お巡りさん】** ㊔（俗稱）警察，巡警

類 警官（警察官）

例 お巡りさん、駅はどこですか。
／警察先生，車站在哪裡？

文法

どこ［哪裡］

▶ 場所指示代名詞。表示場所的疑問和不確定。

▶ 近 どこかへ［去某地方］

0131 □□□ **おもい【重い】** ㊊（份量）重，沉重

對 軽い（輕）

例 この辞書は厚くて重いです。
／這本辭典又厚又重。

0132 □□□ **おもしろい【面白い】** ㊊ 好玩；有趣，新奇；可笑的

類 楽しい（愉快的） 對 つまらない（無聊）

例 この映画は面白くなかった。／這部電影不好看。

0133 □□□ **おやすみなさい【お休みなさい】** (寒暄) 晚安

類 お休み（晚安）；さようなら（再見）

例 もう寝ます。おやすみなさい。／我要睡囉。晚安！

0134 □□□

およぐ
【泳ぐ】

自五（人，魚等在水中）游泳；穿過，擠過

類 水泳（游泳）

例 私は夏に海で泳ぎたいです。
／夏天我想到海邊游泳。

0135 □□□

おりる
【下りる・降りる】

自上一【下りる】（從高處）下來，降落；（霜雪等）落下；【降りる】（從車，船等）下來

類 落ちる（掉下去） 對 登る（登上）；乗る（乘坐）

例 ここでバスを降ります。
／我在這裡下公車。

文法
を
▶ 表動作離開的場所用「を」。例如，從家裡出來或從車、船、飛機等交通工具下來。

0136 □□□

おわる
【終わる】

自五 完畢，結束，終了

類 止まる（停止；中斷） 對 始まる（開始）

例 パーティーは9時に終わります。／派對在9點結束。

0137 □□□

おんがく
【音楽】

名 音樂

類 ミュージック（music・音樂）；歌（歌曲）

例 雨の日は、アパートの部屋で音楽を聞きます。
／下雨天我就在公寓的房裡聽音樂。

か かい～かかる

0138 □□□

かい【回】

名・接尾 …回，次數

Track 2 7

類 度（次，次數）

例 1日に3回薬を飲みます。／一天吃三次藥。

0139 □□□

かい【階】

接尾（樓房的）…樓，層

類 階段（樓梯）

例 本屋は5階のエレベーターの前にあります。

／書店位在5樓的電梯前面。

0140 □□□

がいこく【外国】

名 外國，外洋

類 海外（海外） 對 国内（國內）

例 来年弟が外国へ行きます。

／弟弟明年會去國外。

0141 □□□

がいこくじん【外国人】

名 外國人

類 外人（外國人） 對 邦人（本國人）

例 日本語を勉強する外国人が多くなった。

／學日語的外國人變多了。

0142 □□□

かいしゃ【会社】

名 公司；商社

類 企業（企業）

例 田中さんは一週間会社を休んでいます。

／田中先生向公司請了一週的假。

0143 □□□

かいだん【階段】

名 樓梯，階梯，台階

類 エスカレーター（escalator・自動電扶梯）

例 来週の月曜日の午前10時には、階段を使います。

／下週一早上10點，會使用到樓梯。

讀書計劃：□□／□□

0144 □□□

かいもの【買い物】

㊔ 購物，買東西；要買的東西

類 ショッピング（shopping・購物）

例 デパートで買い物をしました。

／在百貨公司買東西了。

0145 □□□

かう【買う】

他五 購買

對 売る（賣）

例 本屋で本を買いました。

／在書店買了書。

0146 □□□

かえす【返す】

他五 還，歸還，退還；送回（原處）

類 戻す（歸還） 對 借りる（借）

例 図書館へ本を返しに行きます。

／我去圖書館還書。

文法

に［去…，到…］

▸ 表示動作、作用的目的、目標。

0147 □□□

かえる【帰る】

自五 回來，回家；歸去；歸還

類 帰国（回國） 對 出かける（外出）

例 昨日うちへ帰るとき、会社で友達に傘を借りました。／昨天回家的時候，在公司向朋友借了把傘。

文法

…とき［…的時候…］

▸ 表示與此同時並行發生其他的事情。

0148 □□□

かお【顔】

㊔ 臉，面孔；面子，顏面

例 顔が赤くなりました。／臉紅了。

0149 □□□

かかる【掛かる】

自五 懸掛，掛上；覆蓋；花費

類 掛ける（懸掛）

例 壁に絵が掛かっています。

／牆上掛著畫。

文法

動詞＋ています

▸ 表示某一動作後的結果或狀態還持續到現在，也就是說話的當時。

あ か さ た な は ま や ら わ 練習

かぎ～がた

0150 □□□

かぎ【鍵】 ㊔ 鑰匙；鎖頭；關鍵

類 キー（key・鑰匙）

例 これは自転車の鍵です。／這是腳踏車的鑰匙。

0151 □□□

かく【書く】 他五 寫，書寫；作（畫）；寫作（文章等）

類 作る（書寫；創作） 對 読む（閱讀）

例 試験を始めますが、最初に名前を書いてください。／考試即將開始，首先請將姓名寫上。

文法

が

▶ 在向對方詢問、請求、命令之前，作為一種開場白使用。

0152 □□□

かく【描く】 他五 畫，繪製；描寫，描繪

類 引く（畫〈線〉）

例 絵を描く。／畫圖。

0153 □□□

がくせい【学生】 ㊔ 學生（主要指大專院校的學生）

類 生徒（學生） 對 先生（老師）

例 このアパートは学生にしか貸しません。／這間公寓只承租給學生。

文法

しか［只，僅僅］

▶ 表示限定。一般帶有因不足而感到可惜、後悔或困擾的心情。

0154 □□□

かげつ【ヶ月】 接尾 …個月

例 仕事で３ヶ月日本にいました。／因為工作的關係，我在日本待了三個月。

0155 □□□

かける【掛ける】 他下一 掛在（牆壁）；戴上（眼鏡）；捆上

類 被る（戴〈帽子等〉）

例 ここに鏡を掛けましょう。／鏡子掛在這裡吧！

0156 □□□

かす【貸す】

㊀他五 借出，借給；出租；提供幫助（智慧與力量）

類 あげる（給予） 對 借（か）りる（借入）

例 辞書（じしょ）を貸（か）してください。

／請借我辭典。

0157 □□□

かぜ【風】

名 風

例 今日（きょう）は強（つよ）い風（かぜ）が吹（ふ）いています。

／今天颳著強風。

0158 □□□

かぜ【風邪】

名 感冒，傷風

類 病気（びょうき）（生病）

例 風邪（かぜ）を引いて、昨日（きのう）から頭（あたま）が痛（いた）いです。

／因為感冒了，從昨天開始就頭很痛。

文法
動詞＋て
▶ 表示原因。

0159 □□□

かぞく【家族】

名 家人，家庭，親屬

類 家庭（かてい）（家庭；夫婦）

例 日曜日（にちようび）、家族（かぞく）と京都（きょうと）に行（い）きます。

／星期日我要跟家人去京都。

文法
と［跟…一起］
▶ 表示一起去做某事的對象。

0160 □□□

かた【方】

名 位，人（「人」的敬稱）

類 人（ひと）（人）

例 山田（やまだ）さんはとてもいい方（かた）ですね。

／山田先生人非常地好。

0161 □□□

Track 2 8

がた【方】

接尾 （前接人稱代名詞，表對複數的敬稱）們，各位

類 たち（你們的）

例 先生方（せんせいがた）。

／各位老師。

文法
がた［…們］
▶ 表示人的複數的敬稱，說法比「たち」更有禮貌。

かたかな～かようび

0162 □□□

かたかな【片仮名】

㊔ 片假名

類 字（文字） 對 平仮名（平假名）

例 ご住所は片仮名で書いてください。

／請用片假名書寫您的住址。

0163 □□□

がつ【月】

接尾 …月

類 日（…日）

例 私のおばさんは10月に結婚しました。／我阿姨在十月結婚了。

0164 □□□

がっこう【学校】

㊔ 學校；（有時指）上課

類 スクール（school・學校）

例 田中さんは昨日病気で学校を休みました。

／田中昨天因為生病請假沒來學校。

0165 □□□

カップ【cup】

㊔ 杯子；（有把）茶杯

類 コップ（〈荷〉kop・杯子）

例 贈り物にカップはどうでしょうか。

／禮物就送杯子怎麼樣呢？

文法

どう［如何，怎麼樣］

▶ 詢問對方的想法及健康狀況，及不知情況如何或該怎麼做等。也用在勸誘時。

0166 □□□

かど【角】

㊔ 角；（道路的）拐角，角落

類 隅（角落）

例 その店の角を左に曲がってください。

／請在那家店的轉角左轉。

0167 □□□

かばん【鞄】

㊔ 皮包，提包，公事包，書包

類 スーツケース（suitcase・旅行箱）

例 私は新しい鞄がほしいです。／我想要新的包包。

0168 □□□

かびん
【花瓶】

㊔ 花瓶

類 入れ物（容器）

例 花瓶に水を入れました。

／把水裝入花瓶裡。

0169 □□□

かぶる
【被る】

他五 戴（帽子等）；（從頭上）蒙，蓋（被子）；（從頭上）套，穿

類 履く（穿） 對 脱ぐ（脫掉）

例 あの帽子をかぶっている人が田中さんです。

／那個戴著帽子的人就是田中先生。

0170 □□□

かみ
【紙】

㊔ 紙

類 ノート（note・筆記；筆記本）

例 本を借りる前に、この紙に名前を書いてください。

／要借書之前，請在這張紙寫下名字。

文法

まえに［…之前，先…］

► 表示動作的順序，也就是做前項動作之前，先做後項的動作。

► 近名詞＋のまえに［…前］

0171 □□□

カメラ
【camera】

㊔ 照相機；攝影機

類 写真（照片）

例 このカメラはあなたのですか。

／這台相機是你的嗎？

文法

…の［…的］

► 擁有者的所屬物。這裡的準體助詞「の」，後面可以省略前面出現過的名詞，不需要再重複，或替代該名詞。

0172 □□□

かようび
【火曜日】

㊔ 星期二

類 火曜（週二）

例 火曜日に600円返します。

／星期二我會還你六百日圓。

からい～き

0173 □□□

からい【辛い】

㊎ 辣，辛辣；鹹的；嚴格

類 味（味道） 對 甘い（甜）

例 山田さんは辛いものが大好きです。

／山田先生最喜歡吃辣的東西了。

0174 □□□

からだ【体】

㊔ 身體；體格，身材

對 心（心靈）

例 体をきれいに洗ってください。

／請將身體洗乾淨。

文法
形容動詞に＋動詞
▶ 形容動詞修飾句子裡的動詞。

0175 □□□

かりる【借りる】

他上一 借進（錢、東西等）；借助

類 もらう（領取） 對 貸す（借出）

例 銀行からお金を借りた。

／我向銀行借了錢。

文法
から［從…，由…］
▶ 表示從某對象借東西、從某對象聽來的消息，或從某對象得到東西等。

0176 □□□

がる

接尾 想，覺得…

例 きれいなものを見てほしがる人が多い。

／很多人看到美麗的事物，就覺得想得到它。

0177 □□□

かるい【軽い】

㊎ 輕的，輕快的；（程度）輕微的；輕鬆的

對 重い（沈重）

例 この本は薄くて軽いです。

／這本書又薄又輕。

0178 □□□

カレンダー【calendar】

㊔ 日曆；全年記事表

類 曜日（星期）

例 きれいな写真のカレンダーですね。／好漂亮的相片日曆喔！

0179 □□□

かわ
【川・河】

㊔ 河川，河流

類 水（水）

例 この川は魚が多いです。

／這條河有很多魚。

0180 □□□

がわ
【側】

名·接尾 …邊，…側；…方面，立場；周圍，旁邊

類 辺（周圍）

例 本屋はエレベーターの向こう側です。

／書店在電梯後面的那一邊。

0181 □□□

かわいい
【可愛い】

㊌ 可愛，討人喜愛；小巧玲瓏

類 綺麗（美麗） 對 憎い（可惡）

例 猫も犬もかわいいです。

／貓跟狗都很可愛。

文法

…も…も[…也…，都…]

▶ 表示同性質的東西並列或列舉。

0182 □□□

かんじ
【漢字】

㊔ 漢字

類 平仮名（平假名）；片仮名（片假名）

例 先生、この漢字は何と読むのですか。

／老師，這個漢字怎麼唸？

き

0183 □□□

き
【木】

㊔ 樹，樹木；木材

類 葉（樹葉） 對 草（草）

例 木の下に犬がいます。

／樹下有隻狗。

きいろい～ぎゅうにく

0184 □□□

きいろい【黄色い】

形 黃色，黃色的

類 イエロー（yellow・黄色）

例 私（わたし）のかばんはあの黄色（きいろ）いのです。

／我的包包是那個黃色的。

文法

形容詞＋の

▶ 這個「の」是一個代替名詞，代替句中前面已出現過的某個名詞。

▶ 近〔形容動詞な＋の〕

例 きれいなのが好（す）きです。

／喜歡漂亮的。

0185 □□□

きえる【消える】

自下一 （燈，火等）熄滅；（雪等）融化；消失，看不見

類 無（な）くなる（不見）

例 風（かぜ）でろうそくが消（き）えました。／風將燭火給吹熄了。

0186 □□□

きく【聞く】

他五 聽，聽到；聽從，答應；詢問

類 質問（しつもん）（詢問） 對 話（はな）す（說）

例 宿題（しゅくだい）をした後（あと）で、音楽（おんがく）を聞（き）きます。／寫完作業後，聽音樂。

0187 □□□

きた【北】

名 北，北方，北邊

類 北方（ほっぽう）（北方） 對 南（みなみ）（南方）

例 北海道（ほっかいどう）は日本（にほん）の一番北（いちばんきた）にあります。／北海道在日本的最北邊。

0188 □□□

ギター【guitar】

名 吉他

例 土曜日（どようび）は散歩（さんぽ）したり、ギターを練習（れんしゅう）したりします。

／星期六我會散散步、練練吉他。

0189 □□□

きたない【汚い】

形 骯髒；（看上去）雜亂無章，亂七八糟

類 汚（よご）れる（弄髒） 對 綺麗（きれい）（漂亮；乾淨）

例 汚（きたな）い部屋（へや）だねえ。掃除（そうじ）してください。

／真是骯髒的房間啊！請打掃一下。

讀書計劃：□□／□□

0190 □□□

きっさてん【喫茶店】

㊔ 咖啡店

類 カフェ（〈法〉café・咖啡館）

例 昼ご飯は駅の前の喫茶店で食べます。／午餐在車站前的咖啡廳吃。

0191 □□□

きって【切手】

㊔ 郵票

類 封筒（信封）

例 郵便局で切手を買います。／在郵局買郵票。

0192 □□□

きっぷ【切符】

㊔ 票，車票

例 切符を二枚買いました。／買了兩張車票。

0193 □□□

きのう【昨日】

㊔ 昨天；近來，最近；過去

對 明日（明天）

例 昨日は誰も来ませんでした。
／昨天沒有任何人來。

文法
だれも［誰也（不）…，誰都（不）…］
▸ 後接否定。表示全面的否定。

0194 □□□

きゅう・く【九】

㊔（數）九；九個

類 九つ（九個）

例 子どもたちは九時ごろに寝ます。
／小朋友們大約九點上床睡覺。

文法
たち［…們］
▸ 接在人稱代名詞的後面，表示人的複數。

ごろ［左右］
▸ 表示大概的時間。一般只接在年月日，和鐘點的詞後面。

0195 □□□

ぎゅうにく【牛肉】

㊔ 牛肉

類 ビーフ（beef・牛肉）；肉（肉）

例 それはどこの国の牛肉ですか。
／那是哪個國家產的牛肉？

文法 それ［那個］
▸ 事物指示代名詞。指離聽話者近的事物。

ぎゅうにゅう～ぎんこう

0196 □□□
ぎゅうにゅう【牛乳】 ㊔ 牛奶

類 ミルク（milk・牛奶）
例 お風呂（ふろ）に入（はい）ってから、牛乳（ぎゅうにゅう）を飲（の）みます。
／洗完澡後喝牛奶。

文法
に
▶ 表示動作移動的到達點。

0197 □□□
きょう【今日】 ㊔ 今天

類 今（いま）（現在）
例 今日（きょう）は早（はや）く寝（ね）ます。
／今天我要早點睡。

0198 □□□
きょうしつ【教室】 ㊔ 教室；研究室

例 教室（きょうしつ）に学生（がくせい）が三人（さんにん）います。
／教室裡有三個學生。

0199 □□□
きょうだい【兄弟】 ㊔ 兄弟；兄弟姊妹；親如兄弟的人

對 姉妹（しまい）（姊妹）
例 私（わたし）は女（おんな）の兄弟（きょうだい）が四人（よにん）います。／我有四個姊妹。

0200 □□□
きょねん【去年】 ㊔ 去年

對 来年（らいねん）（明年）
例 去年（きょねん）の冬（ふゆ）は雪（ゆき）が１回（いっかい）しか降（ふ）りませんでした。
／去年僅僅下了一場雪。

0201 □□□
きらい【嫌い】 形動 嫌惡，厭惡，不喜歡

類 嫌（いや）（不喜歡） 對 好（す）き（喜歡）
例 魚（さかな）は嫌（きら）いですが、肉（にく）は好（す）きです。
／我討厭吃魚，可是喜歡吃肉。

文法
が［但是］
▶ 表示逆接。連接兩個對立的事物，前句跟後句內容是相對立的。

讀書計劃：□□／□□

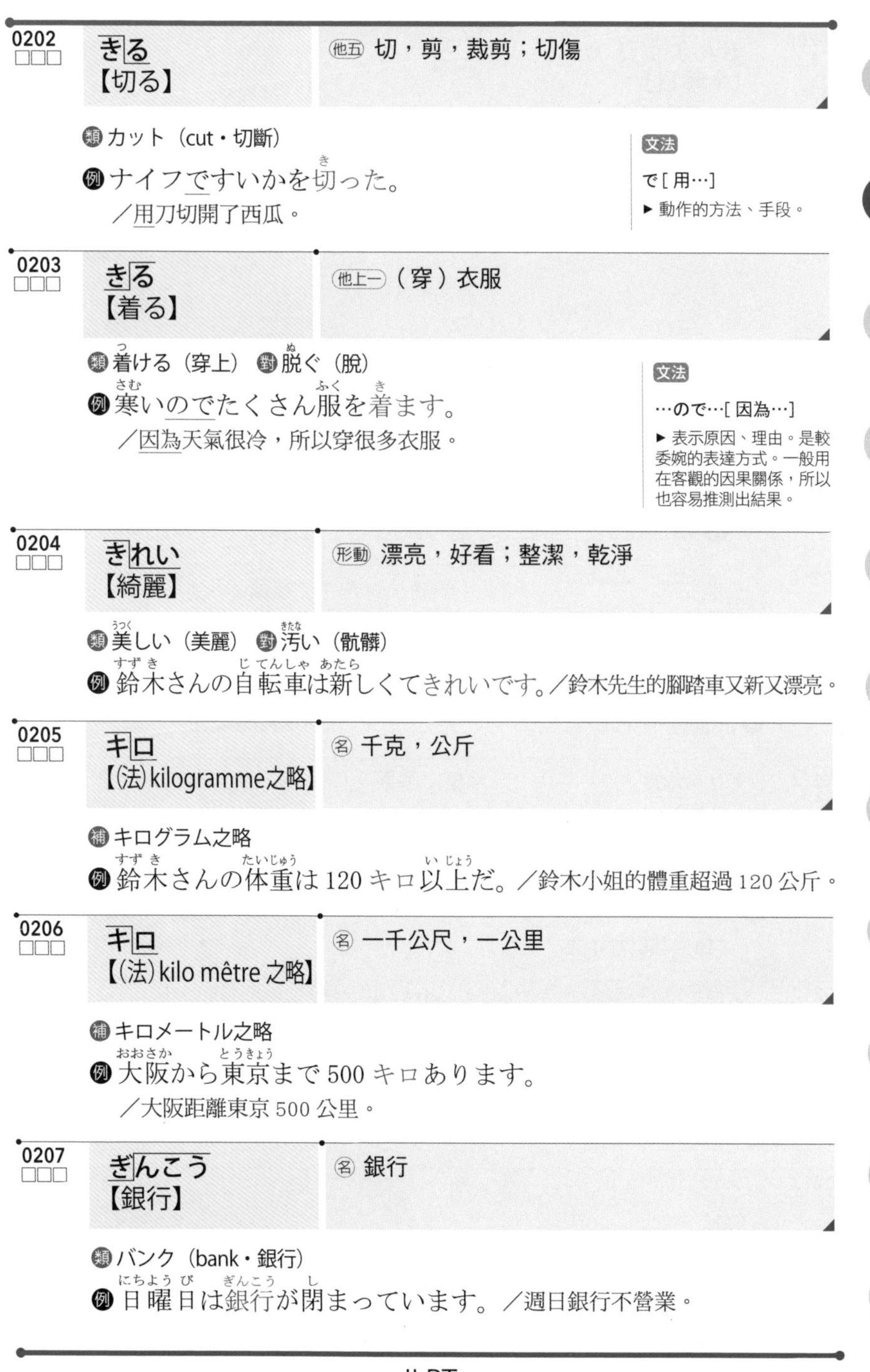

0202 □□□

きる【切る】

他五 切，剪，裁剪；切傷

類 カット（cut・切斷）

例 ナイフですいかを切（き）った。
／用刀切開了西瓜。

文法
で［用…］
▶ 動作的方法、手段。

0203 □□□

きる【着る】

他上一 （穿）衣服

類 着（つ）ける（穿上） 對 脱（ぬ）ぐ（脫）

例 寒（さむ）いのでたくさん服（ふく）を着（き）ます。
／因為天氣很冷，所以穿很多衣服。

文法
…ので…［因為…］
▶ 表示原因、理由。是較委婉的表達方式。一般用在客觀的因果關係，所以也容易推測出結果。

0204 □□□

きれい【綺麗】

形動 漂亮，好看；整潔，乾淨

類 美（うつく）しい（美麗） 對 汚（きたな）い（骯髒）

例 鈴木（すずき）さんの自転車（じてんしゃ）は新（あたら）しくてきれいです。／鈴木先生的腳踏車又新又漂亮。

0205 □□□

キロ【(法) kilogramme之略】

名 千克，公斤

補 キログラム之略

例 鈴木（すずき）さんの体重（たいじゅう）は 120 キロ以上（いじょう）だ。／鈴木小姐的體重超過 120 公斤。

0206 □□□

キロ【(法) kilo mêtre 之略】

名 一千公尺，一公里

補 キロメートル之略

例 大阪（おおさか）から東京（とうきょう）まで 500 キロあります。
／大阪距離東京 500 公里。

0207 □□□

ぎんこう【銀行】

名 銀行

類 バンク（bank・銀行）

例 日曜日（にちようび）は銀行（ぎんこう）が閉（し）まっています。／週日銀行不營業。

きんようび～クラス

0208 □□□

きんようび
【金曜日】

㊔ 星期五

類 金曜（週五）

例 来週の金曜日友達と出かけるつもりです。
／下週五我打算跟朋友出去。

文法
つもり[打算…，準備…]
► 打算作某行為的意志。是事前而非臨時決定，且想做的意志相當堅定。
► 近 動詞ない形＋つもり[不打算…]

0209 □□□

くすり
【薬】

㊔ 藥，藥品

類 病院（醫院）

例 頭が痛いときはこの薬を飲んでください。／頭痛的時候請吃這個藥。

0210 □□□

ください
【下さい】

補助（表請求對方作）請給（我）；請…

類 お願いします（拜託您了）

例 部屋をきれいにしてください。／請把房間整理乾淨。

0211 □□□

Track 2 10

くだもの
【果物】

㊔ 水果，鮮果

類 フルーツ（fruit・水果）

例 毎日果物を食べています。
／每天都有吃水果。

文法
動詞＋ています
► 有習慣做同一動作的意思。

0212 □□□

くち
【口】

㊔ 口，嘴巴

類 入り口（入口）

例 口を大きく開けて。風邪ですね。／張大嘴巴。你感冒了喲。

0213 □□□

くつ
【靴】

㊔ 鞋子

類 シューズ（shoes・鞋子）；スリッパ（slipper・拖鞋）

例 靴を履いて外に出ます。／穿上鞋子出門去。

0214 □□□

くつした
【靴下】

㊔ 襪子

類 ソックス（socks・襪子）

例 寒いから、厚い靴下を穿きなさい。／天氣很冷，所以穿上厚襪子。

0215 □□□

くに
【国】

㊔ 國家；國土；故鄉

類 田舎（家鄉）

例 世界で一番広い国はどこですか。／世界上國土最大的國家是哪裡？

0216 □□□

くもる
【曇る】

自五 變陰；模糊不清

類 天気（天氣） 對 晴れる（天晴）

例 明後日の午前は晴れますが、午後から曇ります。
／後天早上是晴天，從午後開始轉陰。

0217 □□□

くらい
【暗い】

形（光線）暗，黑暗；（顏色）發暗，發黑

類 ダーク（dark・暗） 對 明るい（亮）

例 空が暗くなりました。／天空變暗了。

0218 □□□

くらい・ぐらい
【位】

副助（數量或程度上的推測）大概，左右，上下

類 ほど（大約）

例 郵便局までどれぐらいかかりますか。
／到郵局大概要花多少時間？

文法
どれぐらい［多久］
▸ 可視句子的內容，翻譯成「多久、多少、多少錢、多長、多遠」等。
▸ 近 どのぐらい［多久］

0219 □□□

クラス
【class】

㊔（學校的）班級；階級，等級

類 組（班）

例 男の子だけのクラスはおもしろくないです。
／只有男生的班級一點都不好玩！

文法
だけ［只，僅僅］
▸ 表示只限於某範圍，除此以外沒有別的了。

グラス～げんき

0220 □□□

グラス
【glass】

㊔ 玻璃杯；玻璃

類 コップ（kop・杯子）

例 すみません、グラス二つください。
／不好意思，請給我兩個玻璃杯。

文法
…ください［我要…，給我…］
▶ 表示想要什麼的時候，跟某人要求某事物。

0221 □□□

グラム
【(法) gramme】

㊔ 公克

例 牛肉を 500 グラム買う。／買伍佰公克的牛肉。

0222 □□□

くる
【来る】

自カ（空間，時間上的）來；到來

類 帰る（回來） 對 行く（去）

例 山中さんはもうすぐ来るでしょう。
／山中先生就快來了吧！

文法
でしょう［也許…，大概…吧］
▶ 表示說話者的推測，說話者不是很確定。
▶ 近 でしょう［…對吧／表示確認］

0223 □□□

くるま
【車】

㊔ 車子的總稱，汽車

類 カー（car・車子）；バス（bus・公車）

例 車で会社へ行きます。／開車去公司。

0224 □□□

くろい
【黒い】

㊒ 黑色的；褐色；骯髒；黑暗

類 ブラック（black・黑色） 對 白い（白色的）

例 猫も犬も黒いです。／貓跟狗都是黑色的。

け

0225 □□□

けいかん
【警官】

㊔ 警官，警察

類 警察官（警察官）

例 前の車、止まってください。警官です。／前方車輛請停車。我們是警察。

0226 □□□

けさ【今朝】

㊔ 今天早上

類 朝（早上） 對 今夜（今晚）

例 今朝図書館に本を返しました。／今天早上把書還給圖書館了。

0227 □□□

けす【消す】

他五 熄掉，撲滅；關掉，弄滅；消失，抹去

類 止める（停止〈引擎等〉） 對 点ける（打開）

例 地震のときはすぐ火を消しましょう。／地震的時候趕緊關火吧！

0228 □□□

けっこう【結構】

形動・副 很好，出色；可以，足夠；（表示否定）不要；相當

類 立派（極好）

例 ご飯はもうけっこうです。／飯我就不用了。

0229 □□□

けっこん【結婚】

名・自サ 結婚

對 離婚（離婚）

例 兄は今　3　5歳で結婚しています。／哥哥現在是35歲，已婚。

0230 □□□

げつようび【月曜日】

㊔ 星期一

類 月曜（週一）

例 来週の月曜日の午後３時に、駅で会いましょう。
／下禮拜一的下午三點，我們約在車站見面吧。

0231 □□□

げんかん【玄関】

㊔（建築物的）正門，前門，玄關

類 入り口（入口）；門（大門）

例 友達は玄関で靴を脱ぎました。／朋友在玄關脫了鞋。

0232 □□□

げんき【元気】

名・形動 精神，朝氣；健康

類 丈夫（健康） 對 病気（生病）

例 どの人が一番元気ですか。／那個人最有精神呢？

こ こ～ごご

0233 □□□

こ【個】

名·接尾 …個

例 冷蔵庫にたまごが３個あります。

／冰箱裡有三個雞蛋。

0234 □□□

ご【五】

名（數）五

類 五つ（五個）

例 八百屋でリンゴを五個買いました。

／在蔬果店買了五顆蘋果。

0235 □□□

Track 2 11

ご【語】

名·接尾 語言；…語

類 単語（單字）

例 日本語のテストはやさしかったですが、問題が多かったです。

／日語考試很簡單，但是題目很多。

0236 □□□

こうえん【公園】

名 公園

類 パーク（park・公園）；遊園地（遊樂園）

例 この公園はきれいです。

／這座公園很漂亮。

0237 □□□

こうさてん【交差点】

名 交差路口

類 十字路（十字路口）

例 その交差点を左に曲がってください。

／請在那個交差路口左轉。

0238 □□□

こえ【声】

名（人或動物的）聲音，語音

類 音（〈物體的〉聲音）

例 大きな声で言ってください。

／請大聲說。

讀書計劃：□□／□□

0239 □□□ コート【coat】 ㊔ 外套，大衣；(西裝的) 上衣

類 オーバー（over・大衣）

例 すみません、コートを取ってください。
／不好意思，請幫我拿大衣。

0240 □□□ コーヒー【(荷) koffie】 ㊔ 咖啡

類 飲み物（飲料）

例 ジュースはもうありませんが、コーヒーはまだあります。
／已經沒有果汁了，但還有咖啡。

文法
まだ［還…；還有…］
▸ 後接肯定。表示同樣的狀態，從過去到現在一直持續著。另也表示還留有某些時間或東西。

0241 □□□ ここ ㊹ 這裡；(表時間) 最近，目前

類 こちら（這裡）

例 ここで電話をかけます。／在這裡打電話。

0242 □□□ ここのか【九日】 ㊔ (每月) 九號，九日；九天

類 9日間（九天）

例 九日は誕生日だったから、家族とパーティーをしました。
／九號是我的生日，所以和家人辦了慶祝派對。

0243 □□□ ここのつ【九つ】 ㊔ (數) 九個；九歲

類 九個（九個）

例 うちの子は九つになりました。／我家小孩九歲了。

0244 □□□ ごご【午後】 ㊔ 下午，午後，後半天

對 午前（上午）

例 午後7時に友達に会います。
／下午七點要和朋友見面。

文法
に［在…］
▸ 在某時間做某事。表示動作、作用的時間。

ごしゅじん～この

0245 □□□
ごしゅじん【ご主人】
名（稱呼對方的）您的先生，您的丈夫

對 奥（おく）さん（您的太太）
例 ご主人（しゅじん）のお仕事（しごと）は何（なん）でしょうか。
／請問您先生的工作是…？

文法
…の…[…的…]
▶ 用於修飾名詞，表示該名詞的所有者、內容說明、作成者、數量、材料還有時間、位置等等。

0246 □□□
ごぜん【午前】
名 上午，午前

對 午後（ごご）（下午）
例 明後日（あさって）の午前（ごぜん）、天気（てんき）はどうなりますか。／後天上午的天氣如何呢？

0247 □□□
こたえる【答える】
自下一 回答，答覆；解答

類 返事（へんじ）する（回答） 對 聞（き）く（詢問）
例 山田君（やまだくん）、この質問（しつもん）に答（こた）えてください。
／山田同學，請回答這個問題。

文法
この［這…］
▶ 指示連體詞。指離説話者近的事物。

0248 □□□
ごちそうさまでした【御馳走様でした】
寒暄 多謝您的款待，我已經吃飽了

對 頂（いただ）きます（開動）
例 おいしかったです。御馳走様（ごちそうさま）でした。／真好吃，承蒙您招待了，謝謝。

0249 □□□
こちら
代 這邊，這裡，這方面；這位；我，我們（口語為「こっち」）

類 ここ（這裡）
例 山本（やまもと）さん、こちらはスミスさんです。
／山本先生，這位是史密斯小姐。

文法
こちら［這邊；這位］
▶ 方向指示代名詞，指離説話者近的方向。也可以用來指人。

0250 □□□
こちらこそ
寒暄 哪兒的話，不敢當

類 よろしく（請關照）
例 こちらこそ、どうぞよろしくお願（ねが）いします。／不敢當，請您多多指教！

0251

コップ
【（荷）kop】

㊔ 杯子，玻璃杯

類 ガラス（glas・玻璃杯）

例 コップで水（みず）を飲（の）みます。
／用杯子喝水。

文法
で［用…；乘坐…］
▶ 動作的方法、手段；或表示使用的交通工具。

0252

ことし
【今年】

㊔ 今年

類 来年（らいねん）（明年）

例 去年（きょねん）は旅行（りょこう）しましたが、今年（ことし）はしませんでした。
／去年有去旅行，今年則沒有去。

文法
…は…が、…は…
［但是…］
▶ 區別、比較兩個對立的事物，對照地提示兩種事物。

0253

ことば
【言葉】

㊔ 語言，詞語

類 辞書（じしょ）（辭典）

例 日本語（にほんご）の言葉（ことば）を9つ覚（おぼ）えました。
／學會了九個日語詞彙。

文法
を
▶ 表示動作的目的或對象。

0254

こども
【子ども】

㊔ 自己的兒女；小孩，孩子，兒童

類 息子（むすこ）（兒子）；娘（むすめ）（女兒） 對 親（おや）（雙親）；大人（おとな）（大人）

例 子（こ）どもに外国（がいこく）のお金（かね）を見（み）せました。
／給小孩子看了外國的錢幣。

文法
に［給…，跟…］
▶ 表示動作、作用的對象。

0255

この

連體 這…，這個…

對 あの（那個…）

例 この仕事（しごと）は1時間（いちじかん）ぐらいかかるでしょう。
／這項工作大約要花一個小時吧。

文法
ぐらい［大約，左右，上下］
▶ 表示時間上的推測、估計。一般用在無法預估正確的時間，或是時間不明確的時候。

あ か さ た な は ま や ら わ 練習

ごはん～こんな

0256
□□□

ごはん【ご飯】
㊔ 米飯；飯食，餐

類 米（稲米）
例 ご飯を食べました。
／我吃過飯了。

0257
□□□

コピー【copy】
名・他サ 拷貝，複製，副本

類 複写（複印）
例 山田君、これをコピーしてください。
／山田同學，麻煩請影印一下這個。

文法
これ［這個］
▸ 事物指示代名詞。指離說話者近的事物。

0258
□□□

こまる【困る】
自五 感到傷腦筋，困擾；難受，苦惱；沒有辦法

類 難しい（難解決）
例 お金がなくて、困っています。
／沒有錢真傷腦筋。

文法
が
▸ 表示好惡、需要及想要得到的對象，還有能夠做的事情、明白瞭解的事物，以及擁有的物品。

0259
□□□

ごめんください【御免ください】
寒暄 有人在嗎

類 もしもし（喂〈叫住對方〉） 對 お邪魔しました（打擾了）
例 ごめんください。山田です。
／有人在家嗎？我是山田。

0260
□□□

ごめんなさい【御免なさい】
連語 對不起

類 すみません（對不起）
例 遅くなってごめんなさい。
／對不起。我遲到了。

文法
形容詞く＋動詞
▸ 形容詞修飾句子裡的動詞。

0261 □□□

これ

㊹ 這個，此；這人；現在，此時

類 こちら（這個）

例 これは私（わたし）が高校（こうこう）のときの写真（しゃしん）です。

／這是我高中時的照片。

文法

…は…です［…是…］

▶ 主題是後面要敘述或判斷的對象。對象只限「は」所提示範圍。「です」表示對主題的斷定或説明。

0262 □□□

ころ・ごろ【頃】

名・接尾（表示時間）左右，時候，時期；正好的時候

類 時（とき）（…的時候）

例 昨日（きのう）は11時（じゅういちじ）ごろ寝（ね）ました。

／昨天11點左右就睡了。

文法

ごろ［左右］

▶ 表示大概的時間。一般只接在年月日，和鐘點的詞後面。

0263 □□□

こんげつ【今月】

名 這個月

對 先月（せんげつ）（上個月）

例 今月（こんげつ）も忙（いそが）しいです。

／這個月也很忙。

文法

…も…［也…，又…］

▶ 用於再累加上同一類型的事物。

0264 □□□

こんしゅう【今週】

名 這個星期，本週

對 先週（せんしゅう）（上週）

例 今週（こんしゅう）は80時間（はちじゅうじかん）も働（はたら）きました。

／這一週工作了80個小時之多。

文法

…も…［之多；竟；也］

▶ 前接數量詞，表示數量比一般想像的還多，有強調多的作用。含有意外的語意。

0265 □□□

こんな

連體 這樣的，這種的

對 あんな（那樣的）

例 こんなうちに住（す）みたいです。

／我想住在這種房子裡。

文法

たい［…想要做…］

▶ 表示説話者內心希望某一行為能實現，或是強烈的願望。疑問句時表示聽話者的願望。

こんにちは～さくぶん

0266 □□□

こんにちは
【今日は】

寒暄 你好，日安

例「こんにちは、お出(で)かけですか。」「ええ、ちょっとそこまで。」
／「你好，要出門嗎？」「對，去辦點事。」

文法
そこ［那裡］
▶ 場所指示代名詞。指離聽話者近的場所。

0267 □□□

こんばん
【今晚】

名 今天晚上，今夜

類 今夜(こんや)（今晚）
例 今晩(こんばん)のご飯(はん)は何(なん)ですか。
／今晚吃什麼呢？

文法
なん［什麼］
▶ 代替名稱或情況不瞭解的事物。也用在詢問數字時。

0268 □□□

こんばんは
【今晚は】

寒暄 晚安你好，晚上好

例 こんばんは、お散歩(さんぽ)ですか。
／晚安你好，來散步嗎？

文法
か［嗎，呢］
▶ 接於句末，表示問別人自己想知道的事。

0269 □□□

Track 2 13

さあ

㊎（表示勸誘，催促）來；表躊躇，遲疑的聲音

類 さ（來吧）

例 外(そと)は寒(さむ)いでしょう。さあ、お入(はい)りなさい。

／外面很冷吧。來，請進請進。

文法

でしょう［也許…，大概…吧］

▶ 表示說話者的推測，說話者不是很確定。

0270 □□□

さい【歳】

名·接尾 …歲

例 日本(にほん)では6歳(ろくさい)で小学校(しょうがっこう)に入(はい)ります。

／在日本，六歲就上小學了。

文法 では

▶ 強調格助詞前面的名詞。

0271 □□□

さいふ【財布】

㊔ 錢包

類 かばん（提包）

例 財布(さいふ)はどこにもありませんでした。

／到處都找不到錢包。

文法 …は…ません

▶「は」前面的名詞或代名詞是動作、行為否定的主體。

0272 □□□

さき【先】

㊔ 先，早；頂端，尖端；前頭，最前端

類 前(まえ)（之前） 對 後(あと)（之後）

例 先(さき)に食(た)べてください。私(わたし)は後(あと)で食(た)べます。

／請先吃吧。我等一下就吃。

文法

…てください［請…］

▶ 表示請求、指示或命令某人做某事。

0273 □□□

さく【咲く】

自五 開（花）

類 開(ひら)く（開）

例 公園(こうえん)に桜(さくら)の花(はな)が咲(さ)いています。

／公園裡開著櫻花。

文法 に

▶ 存在的場所。後接「います」和「あります」表存在。「います」用在有生命物體的名詞。

0274 □□□

さくぶん【作文】

㊔ 作文

類 文章(ぶんしょう)（文章）

例 自分(じぶん)の夢(ゆめ)について、日本語(にほんご)で作文(さくぶん)を書(か)きました。

／用日文寫了一篇有關自己的夢想的作文。

さす～し・よん

0275 □□□

さす【差す】

他五 撐（傘等）；插

類 立つ（站立）

例 雨だ。傘をさしましょう。／下雨了，撐傘吧。

0276 □□□

さつ【冊】

接尾 …本，…冊

例 雜誌２冊とビールを買いました。
／我買了２本雜誌跟一瓶啤酒。

文法
…と…［…和…，…與…］
▶ 表示幾個事物的並列。想要敘述的主要東西，全部都明確地列舉出來。

0277 □□□

ざっし【雑誌】

名 雜誌，期刊

類 マガジン（magazine・雜誌）

例 雑誌をまだ半分しか読んでいません。
／雜誌僅僅看了一半而已。

文法
しか［只，僅僅］
▶ 表示限定。一般帶有因不足而感到可惜、後悔或困擾的心情。

0278 □□□

さとう【砂糖】

名 砂糖

類 シュガー（sugar・糖） 對 塩（鹽巴）

例 このケーキには砂糖がたくさん入っています。
／這蛋糕加了很多砂糖。

文法
には
▶ 強調格助詞前的名詞。

0279 □□□

さむい【寒い】

形（天氣）寒冷

類 冷たい（冷的） 對 暑い（熱的）

例 私の国の冬は、とても寒いです。／我國冬天非常寒冷。

0280 □□□

さよなら・さようなら

感 再見，再會；告別

類 じゃあね（再見〈口語〉）

例「さようなら」は中国語で何といいますか。
／「sayoonara」的中文怎麼說？

讀書計劃：□□／□□

0281 □□□

さらいねん【再来年】

名 後年

對 一昨年（前年）

例 今、２０１４年です。さらいねんは外国に行きます。

／現在是 2014 年。後年我就要去國外了。

文法

に［往…，去…］

▶ 前接跟地方有關的名詞，表示動作、行為的方向。同時也指行為的目的地。

0282 □□□

さん

接尾（接在人名，職稱後表敬意或親切）…先生，…小姐

類 様（…先生，小姐）

例 林さんは面白くていい人です。

／林先生人又風趣，個性又好。

文法

形容詞く＋て

▶ 表示句子還沒說完到此暫時停頓和屬性的並列的意思。還有輕微的原因。

0283 □□□

さん【三】

名（數）三；三個；第三；三次

類 三つ（三個）

例 三時ごろ友達が家へ遊びに来ました。

／三點左右朋友來家裡來玩。

文法

…へ…に

▶ 表移動的場所與目的。

0284 □□□

さんぽ【散歩】

名・自サ 散步，隨便走走

類 歩く（走路）

例 私は毎朝公園を散歩します。

／我每天早上都去公園散步。

文法

を

▶ 表經過或移動的場所。

し

0285 □□□

し・よん【四】

名（數）四；四個；四次（後接「時（じ）、時間（じかん）」時，則唸「四」（よ））

類 四つ（四個）

例 昨日四時間勉強しました。

／昨天唸了 4 個小時的書。

じ～しち・なな

0286 □□□

じ
【時】

㊔ …時

類 時間（時候）

例 いつも3時ごろおやつを食べます。

／平常都是三點左右吃點心。

0287 □□□

しお
【塩】

㊔ 鹽，食鹽

類 砂糖（砂糖）

例 海の水で塩を作りました。

／利用海水做了鹽巴。

文法

で［用…］

▶ 製作什麼東西時，使用的材料。

0288 □□□

しかし

接續 然而，但是，可是

類 が（但是）

例 時間はある。しかしお金がない。

／有空但是沒錢。

文法

しかし［但是］

▶ 表示轉折關係。表示後面的事態，跟前面的事態是相反的。或提出與對方相反的意見。

0289 □□□

じかん
【時間】

㊔ 時間，功夫；時刻，鐘點

類 時（…的時候）；暇（閒功夫）

例 新聞を読む時間がありません。

／沒有看報紙的時間。

文法

動詞＋名詞

▶ 動詞的普通形，可以直接修飾名詞。

0290 □□□

じかん
【時間】

接尾 …小時，…點鐘

類 分（分〈時間單位〉）

例 昨日は6時間ぐらい寝ました。

／昨天睡了6個小時左右。

0291 □□□

しごと【仕事】 ㊔ 工作；職業

類 勤める（工作） 對 休む（休息）

例 明日は仕事があります。

／明天要工作。

0292 □□□

Track 2 14

じしょ【辞書】 ㊔ 字典，辭典

類 辞典（辭典）

例 辞書を見てから漢字を書きます。

／看過辭典後再寫漢字。

文法

てから［先做…，然後再做…］

▶ 表示前句的動作做完後，進行後句的動作。強調先做前項的動作。

0293 □□□

しずか【静か】 形動 靜止；平靜，沈穩；慢慢，輕輕

對 賑やか（熱鬧）

例 図書館では静かに歩いてください。

／圖書館裡走路請放輕腳步。

文法

形容動詞に＋動詞

▶ 形容動詞修飾句子裡的動詞。

0294 □□□

した【下】 ㊔（位置的）下，下面，底下；年紀小

對 上（上方）

例 あの木の下でお弁当を食べましょう。

／到那棵樹下吃便當吧。

文法

あの［那…］

▶ 指示連體詞。指說話者及聽話者範圍以外的事物。

0295 □□□

しち・なな【七】 ㊔（數）七；七個

類 七つ（七個）

例 いつも七時ごろまで仕事をします。

／平常總是工作到七點左右。

しつもん～しめる

0296 □□□

しつもん【質問】 (名・自サ) 提問，詢問

類 問題（問題） 對 答える（回答）

例 英語の分からないところを質問しました。

／針對英文不懂的地方提出了的疑問。

0297 □□□

しつれいします【失礼します】 (寒暄) 告辭，再見，對不起；不好意思，打擾了

例 もう5時です。そろそろ失礼します。

／已經５點了。我差不多該告辭了。

文法

もう［已經…了］

▶ 後接肯定。表示行為、事情到了某個時間已經完了。

0298 □□□

しつれいしました【失礼しました】 (寒暄) 請原諒，失禮了

例 忙しいところに電話してしまって、失礼しました。

／忙碌中打電話叨擾您，真是失禮了。

文法

形容詞＋名詞

▶ 形容詞修飾名詞。形容詞本身有「…的」之意，所以形容詞不再加「の」。

0299 □□□

じてんしゃ【自転車】 (名) 腳踏車，自行車

類 オートバイ（auto bicycle・摩托車）

例 私は自転車を二台持っています。

／我有兩台腳踏車。

0300 □□□

じどうしゃ【自動車】 (名) 車，汽車

類 車（車子）

例 日本の自動車はいいですね。

／日本的汽車很不錯呢。

文法

ね［呢］

▶ 表示輕微的感嘆，或話中帶有徵求對方認同的語氣。另外也表示跟對方做確認的語氣。

0301 □□□

しぬ【死ぬ】　自五 死亡

類 怪我（受傷）　對 生まれる（出生）

例 私のおじいさんは十月に死にました。／我的爺爺在十月過世了。

0302 □□□

じびき【字引】　名 字典，辭典

類 字典（字典）

例 字引を引いて、分からない言葉を調べた。
／翻字典查了不懂的字彙。

文法
動詞＋て
▶ 表示行為的方法或手段。

0303 □□□

じぶん【自分】　名 自己，本人，自身；我

類 僕（我〈男子自稱〉）　對 人（別人）

例 料理は自分で作りますか。
／你自己下廚嗎？

文法
で［在…；以…］
▶ 表示在某種狀態、情況下做後項的事情。

0304 □□□

しまる【閉まる】　自五 關閉；關門，停止營業

類 閉じる（關閉）　對 開く（打開）

例 強い風で窓が閉まった。
／窗戶因強風而關上了。

文法
…で［因為…］
▶ 表示原因、理由。

0305 □□□

しめる【閉める】　他下一 關閉，合上；繫緊，束緊

類 閉じる（關閉）　對 開ける（打開）

例 ドアが閉まっていません。閉めてください。
／門沒關，請把它關起來。

文法
が
▶ 描寫眼睛看得到的、耳朵聽得到的事情。

0306 □□□

しめる【締める】　他下一 勒緊；繫著；關閉

對 開ける（打開）

例 車の中では、シートベルトを締めてください。
／車子裡請繫上安全帶。

じゃ・じゃあ～しょうゆ

0307 □□□ じゃ・じゃあ

㊔ 那麼（就）

類 では（那麼）

例「映画は３時からです。」「じゃあ、２時に出かけましょう。」

／「電影三點開始。」「那我們兩點出門吧！」

文法

ましょう［做…吧］

▶ 表示勸誘對方一起做某事。一般用在做那一行為、動作，事先已規定好，或已成為習慣的情況。

0308 □□□ シャツ【shirt】

㊔ 襯衫

類 ワイシャツ（white shirt・白襯衫）；Tシャツ（T shirt・T恤）；セーター（sweater・毛線衣）

例 あの白いシャツを着ている人は山田さんです。

／那個穿白襯衫的人是山田先生。

0309 □□□ シャワー【shower】

㊔ 淋浴

類 風呂（澡盆）

例 勉強した後で、シャワーを浴びます。

／唸完書之後淋浴。

文法

たあとで［…以後…］

▶ 表示前項的動作做完後，相隔一定的時間發生後項的動作。

0310 □□□ じゅう【十】

㊔（數）十；第十

類 十（十個）

例 山田さんは兄弟が十人もいます。

／山田先生的兄弟姊妹有 10 人之多。

0311 □□□ じゅう【中】

名・接尾 整個，全；（表示整個期間或區域）期間

例 タイは一年中暑いです。

／泰國終年炎熱。

文法

じゅう［整］

▶ 表示整個時間上的期間一直怎樣，或整個空間上的範圍之內。

0312 □□□

しゅうかん【週間】 名・接尾 …週，…星期

類 週（…週）

例 1週間に1回ぐらい家族に電話をかけます。
／我大約一個禮拜打一次電話給家人。

文法
に
▶ 表示某一範圍內的數量或次數。

0313 □□□

じゅぎょう【授業】 名・自サ 上課，教課，授課

類 レッスン（lesson・課程）

例 林さんは今日授業を休みました。
／林先生今天沒來上課。

0314 □□□

Track 2 15

しゅくだい【宿題】 名 作業，家庭作業

類 問題（試題）

例 家に帰ると、まず宿題をします。
／一回到家以後，首先寫功課。

文法
に
▶ 表動作移動的到達點。

0315 □□□

じょうず【上手】 名・形動 （某種技術等）擅長，高明，厲害

類 上手い（出色的）；強い（擅長的） 對 下手（笨拙）

例 あの子は歌を上手に歌います。／那孩子歌唱得很好。

0316 □□□

じょうぶ【丈夫】 形動 （身體）健壯，健康；堅固，結實

類 元気（精力充沛） 對 弱い（虛弱）

例 体が丈夫になりました。／身體變健康了。

0317 □□□

しょうゆ【醤油】 名 醬油

類 ソース（sauce・調味醬）

例 味が薄いですね、少し醤油をかけましょう。
／味道有點淡，加一些醬油吧！

しょくどう～すぎ

0318 □□□

しょくどう【食堂】

㊔ 食堂，餐廳，飯館

類 レストラン（restaurant・餐廳）；台所（厨房）

例 日曜日は食堂が休みです。

／星期日餐廳不營業。

0319 □□□

しる【知る】

他五 知道，得知；理解；認識；學會

類 分かる（知道） 對 忘れる（忘掉）

例 新聞で明日の天気を知った。

／看報紙得知明天的天氣。

0320 □□□

しろい【白い】

形 白色的；空白；乾淨，潔白

類 ホワイト（white・白色） 對 黒い（黑的）

例 山田さんは白い帽子をかぶっています。

／山田先生戴著白色的帽子。

文法

動詞＋ています

▸ 表示結果或狀態的持續。某一動作後的結果或狀態還持續到現在，也就是說話的當時。

0321 □□□

じん【人】

接尾 …人

類 人（人）

例 昨日会社にアメリカ人が来ました。

／昨天有美國人到公司來。

0322 □□□

しんぶん【新聞】

㊔ 報紙

類 ニュース（news・新聞）

例 この新聞は一昨日のだからもういりません。

／這報紙是前天的東西了，我不要了。

文法

もう［已經（不）…了］

▸ 後接否定。表示不能繼續某種狀態了。一般多用於感情方面達到相當程度。

0323

すいようび【水曜日】

㊔ 星期三

類 水曜（週三）

例 月曜日か水曜日にテストがあります。

／星期一或星期三有小考。

文法

…か…[或者…]

▶ 表示在幾個當中，任選其中一個。

▶ 近 …か…か…[…或是…]

0324

すう【吸う】

他五 吸，抽；啜；吸收

類 飲む（喝） 對 吐く（吐出）

例 山へ行って、きれいな空気を吸いたいですね。

／好想去山上呼吸新鮮空氣啊。

文法

動詞＋て

▶ 單純的連接前後短句成一個句子，表示並舉了幾個動作或狀態。

0325

スカート【skirt】

㊔ 裙子

例 ズボンを脱いで、スカートを穿きました。

／脫下了長褲，換上了裙子。

文法

動詞＋て

▶ 表示並舉了幾個動作或狀態。

0326

すき【好き】

名·形動 喜好，愛好；愛，產生感情

類 欲しい（想要） 對 嫌い（討厭）

例 どんな色が好きですか。

／你喜歡什麼顏色呢？

文法

どんな [什麼樣的]

▶ 用在詢問事物的種類、內容。

0327

すぎ【過ぎ】

接尾 超過…，過了…，過度

對 前（…前）

例 今９時１５分過ぎです。

／現在是 9 點過 15 分。

文法

すぎ [過…，…多]

▶ 接在表示時間名詞後面，表示比那時間稍後。

すくない～すむ

0328 □□□

すくない【少ない】

㊊ 少，不多

類 ちょっと（不多） 對 多い（多）

例 この公園は人が少ないです。

／這座公園人煙稀少。

0329 □□□

すぐ

副 馬上，立刻；（距離）很近

類 今（馬上）

例 銀行は駅を出てすぐ右です。

／銀行就在出了車站的右手邊。

文法

を

▶ 表示動作離開的場所用「を」。例如，從家裡出來或從車、船、飛機等交通工具下來。

0330 □□□

すこし【少し】

副 一下子；少量，稍微，一點

類 ちょっと（稍微） 對 沢山（許多）

例 すみませんが、少し静かにしてください。

／不好意思，請稍微安靜一點。

文法

が

▶ 在向對方詢問、請求、命令之前，作為一種開場白使用。

0331 □□□

すずしい【涼しい】

㊊ 涼爽，涼爽

對 暖かい（溫暖的）

例 今日はとても涼しいですね。

／今天非常涼爽呢。

0332 □□□

ずつ

副助 （表示均攤）每…，各…；表示反覆多次

類 ごと（每…）

例 単語を 1 日に 30 ずつ覚えます。

／一天各背 30 個單字。

文法

ずつ［每，各］

▶ 接在數量詞後面，表示平均分配的數量。

0333 □□□ **ストーブ**【stove】

㊔ 火爐，暖爐

類 暖房（暖氣） 對 冷房（冷氣）

例 寒いからストーブをつけましょう。

／好冷，開暖爐吧！

0334 □□□ **スプーン**【spoon】

㊔ 湯匙

類 箸（筷子）

例 スプーンでスープを飲みます。

／用湯匙喝湯。

0335 □□□ **ズボン**【(法) jupon】

㊔ 西裝褲；褲子

類 パンツ（pants・褲子）

例 このズボンはあまり丈夫ではありませんでした。

／這條褲子不是很耐穿。

文法

あまり…ませんでした
［（不）很；（不）怎樣；沒多少］

▶ 表示程度不特別高，數量不特別多。

0336 □□□ **すみません**

寒暄 （道歉用語）對不起，抱歉；謝謝

類 御免なさい（對不起）

例 すみません。トイレはどこにありますか。

／不好意思，請問廁所在哪裡呢？

文法

…は…にあります
［…在…］

▶ 表示某物或人存在某場所。也就是無生命事物的存在場所。

0337 □□□ **すむ**【住む】

自五 住，居住；（動物）棲息，生存

類 泊まる（住宿）

例 みんなこのホテルに住んでいます。

／大家都住在這間飯店。

スリッパ～ゼロ

0338 □□□

スリッパ【slipper】

㊔ 室內拖鞋

類 サンダル（sandal・涼鞋）

例 畳の部屋に入るときはスリッパを脱ぎます。

／進入榻榻米房間時，要將拖鞋脫掉。

文法

…とき［…的時候…］

▶ 表示與此同時並行發生其他的事情。

0339 □□□

する

自・他サ 做，進行

類 やる（做）

例 昨日、スポーツをしました。

／昨天做了運動。

0340 □□□

すわる【座る】

自五 坐，跪座

類 着く（就〈座〉） 對 立つ（站立）

例 どうぞ、こちらに座ってください。

／歡迎歡迎，請坐這邊。

文法

こちら［這邊；這位］

▶ 方向指示代名詞，指離說話者近的方向。也可以用來指人。也可說成「こっち」。

せ

0341 □□□

せ・せい【背】

㊔ 身高，身材

類 高さ（高度）

例 母は背が高いですが、父は低いです。

／媽媽個子很高，但爸爸很矮。

文法

が［但是］

▶ 表示逆接。連接兩個對立的事物，前句跟後句內容是相對立的。

0342 □□□

セーター【sweater】

㊔ 毛衣

類 上着（外衣）

例 山田さんは赤いセーターを着ています。

／山田先生穿著紅色毛衣。

讀書計劃：□□／□□

0343 □□□

せいと【生徒】

㊔（中學，高中）學生

類 学生（がくせい）（學生）

例 この中学校（ちゅうがっこう）は生徒（せいと）が２００人（にひゃくにん）います。

／這所國中有 200 位學生。

0344 □□□

せっけん【石鹸】

㊔ 香皀，肥皀

類 ソープ（soap・肥皀）

例 石鹸（せっけん）で手（て）を洗（あら）ってから、ご飯（はん）を食（た）べましょう。

／用肥皀洗手後再來用餐吧。

0345 □□□

せびろ【背広】

㊔（男子穿的）西裝（的上衣）

類 スーツ（suit・套裝）

例 背広（せびろ）を着（き）て、会社（かいしゃ）へ行（い）きます。

／穿西裝上班去。

文法

動詞＋て

▸ 這些行為動作一個接著一個，按照時間順序進行。

0346 □□□

せまい【狭い】

㊒ 狹窄，狹小，狹隘

類 小（ちい）さい（小） 對 広（ひろ）い（寬大）

例 狭（せま）い部屋（へや）ですが、いろんな家具（かぐ）を置（お）いてあります。

／房間雖然狹小，但放了各種家具。

文法

他動詞＋てあります［…著；已…了］

▸ 表示抱著某個目的、有意圖地去執行，當動作結束之後，那一動作的結果還存在的狀態。

0347 □□□

ゼロ【zero】

㊔（數）零；沒有

類 零（れい）（零）

例 ２引（ひ）く２（に）はゼロです。

／２減２等於０。

せん～そちら

0348 □□□

せん【千】

名（數）千，一千；形容數量之多

例 その本は 1,000 ページあります。
／那本書有一千頁。

文法
その［那…］
▸ 指示連體詞。指離聽話者近的事物。

0349 □□□

せんげつ【先月】

名 上個月

對 来月（下個月）
例 先月子どもが生まれました。
／上個月小孩出生了。

0350 □□□

せんしゅう【先週】

名 上個星期，上週

對 来週（下週）
例 先週の水曜日は 20 日です。
／上週三是 20 號。

0351 □□□

せんせい【先生】

名 老師，師傅；醫生，大夫

類 教師（老師） 對 生徒、学生（學生）
例 先生の部屋はこちらです。
／老師的房間在這裡。

0352 □□□

せんたく【洗濯】

名・他サ 洗衣服，清洗，洗滌

類 洗う（洗）
例 昨日洗濯をしました。／昨天洗了衣服。

0353 □□□

ぜんぶ【全部】

名 全部，總共

類 皆（全部）
例 パーティーには全部で何人来ましたか。
／全部共有多少人來了派對呢？

0354 □□□

そう ㊧（回答）是，沒錯

例「全部(ぜんぶ)で6人(ろくにん)来(き)ましたか。」「はい、そうです。」
／「你們是共六個人一起來的嗎？」「是的，沒錯。」

文法
…で…［共…］
▶ 表示數量示數量、金額的總和。

0355 □□□

そうして・そして 接續 然後；而且；於是；又

類 それから（然後）

例 朝(あさ)は勉強(べんきょう)し、そして午後(ごご)はプールで泳(およ)ぎます。
／早上唸書，然後下午到游泳池游泳。

文法
そして［接著；還有］
▶ 表示動作順序。連接前後兩件事，按照時間順序發生。另還表示並列。用在列舉事物，再加上某事物。

0356 □□□

そうじ【掃除】 名・他サ 打掃，清掃，掃除

類 洗(あら)う（洗滌）；綺麗(きれい)にする（收拾乾淨）

例 私(わたし)が掃除(そうじ)をしましょうか。
／我來打掃好嗎？

文法
ましょうか［我來…吧；我們…吧］
▶ 表示提議，想為對方做某件事情並徵求對方同意。另也表示邀請，站在對方的立場著想才進行邀約。

0357 □□□

そこ 代 那兒，那邊

類 そちら（那裡）

例 受付(うけつけ)はそこです。
／受理櫃臺在那邊。

0358 □□□

そちら 代 那兒，那裡；那位，那個；府上，貴處（口語為"そっち"）

類 そこ（那裡）

例 こちらが台所(だいどころ)で、そちらがトイレです。
／這裡是廚房，那邊是廁所。

文法
そちら［那邊；那位］
▶ 方向指示代名詞，指離聽話者近的方向。也可以用來指人。

そと～それでは

0359 □□□

そと【外】

㊔ 外面，外邊；戶外

類 外側（外側） 對 内、中（裡面）

例 天気が悪くて外でスポーツができません。

／天候不佳，無法到外面運動。

文法

で [在…]

▶ 表示動作進行的場所。

0360 □□□

その

連體 那…，那個…

例 そのテープは５本で600円です。

／那個錄音帶，五個賣六百日圓。

0361 □□□

そば【側・傍】

㊔ 旁邊，側邊；附近

類 近く（附近）；横（旁邊）

例 病院のそばには、たいてい薬屋や花屋があります。

／醫院附近大多會有藥局跟花店。

文法

…や…[…和…]

▶ 表示在幾個事物中，列舉出二、三個來做為代表，其他的事物就被省略下來，沒有全部說完。

0362 □□□

そら【空】

㊔ 天空，空中；天氣

類 青空（青空） 對 地（大地）

例 空には雲が一つもありませんでした。

／天空沒有半朵雲。

0363 □□□

それ

㊹ 那，那個；那時，那裡；那樣

類 そちら（那個）

例 それは中国語でなんといいますか。

／那個中文怎麼說？

文法

それ [那個]

▶ 事物指示代名詞。指離聽話者近的事物。

讀書計劃：□□／□□

0364 □□□

それから

接續 還有；其次，然後；（催促對方談話時）後來怎樣

類 そして（然後）

例 家(いえ)から駅(えき)までバスです。それから、電車(でんしゃ)に乗(の)ります。

／從家裡坐公車到車站。然後再搭電車。

文法

…から、…まで［從…到…］

▶ 表明空間的起點和終點，也就是距離的範圍。也表示各種動作、現象的起點及由來。

それから［然後；還有］

▶ 表示動作順序。

0365 □□□

それでは

接續 那麼，那就；如果那樣的話

類 それじゃ（那麼）

例 今日(きょう)は5日(いつか)です。それでは8日(ようか)は日曜日(にちようび)ですね。

／今天是五號。那麼八號就是禮拜天囉。

文法

それでは［那麼］

▶ 表示順態發展。根據對方的話，再說出自己的想法。或某事物的開始或結束，以及與人分別的時候。

あ か さ た な は ま や ら わ 練習

た だい～タクシー

0366
□□□

だい【台】

接尾 …台，…輛，…架

Track2 17

例 今日(きょう)はテレビを一台(いちだい)買(か)った。／今天買了一台電視。

0367
□□□

だいがく【大学】

名 大學

類 学校(がっこう)（學校）

例 大学(だいがく)に入(はい)るときは100万円(ひゃくまんえん)ぐらいかかりました。
／上大學的時候大概花了一百萬日圓。

文法
ぐらい
[大約，左右，上下]
▸ 表示數量上的推測、估計。一般用在無法預估正確的數量，或是數量不明確的時候。

0368
□□□

たいしかん【大使館】

名 大使館

例 姉(あね)は韓国(かんこく)の大使館(たいしかん)で翻訳(ほんやく)をしています。
／姊姊在韓國大使館做翻譯。

文法
動詞＋ています
▸ 表示現在在做什麼職業。也表示某動作持續到現在。

0369
□□□

だいじょうぶ【大丈夫】

形動 牢固，可靠；放心，沒問題，沒關係

類 安心(あんしん)（放心） 對 だめ（不行）

例 風(かぜ)は強(つよ)かったですが、服(ふく)をたくさん着(き)ていたから大丈夫(だいじょうぶ)でした。
／雖然風很大，但我穿了很多衣服所以沒關係。

0370
□□□

だいすき【大好き】

形動 非常喜歡，最喜好

類 好(す)き（喜歡） 對 大嫌(だいきら)い（最討厭）

例 妹(いもうと)は甘(あま)いものが大好(だいす)きです。／妹妹最喜歡吃甜食了。

0371
□□□

たいせつ【大切】

形動 重要，要緊；心愛，珍惜

類 大事(だいじ)（重要）

例 大切(たいせつ)な紙(かみ)ですから、なくさないでください。
／因為這是張很重要的紙，請別搞丟了。

文法
…から、…[因為…]
▸ 表示原因、理由。說話者出於個人主觀理由，進行請求、命令、希望、主張及推測。

讀書計劃：□□／□□

0372 □□□

たいてい【大抵】

副 大部分，差不多；（下接推量）多半；（接否定）一般

類 いつも（經常，大多）

例 たいていは歩いて行きますが、ときどきバスで行きます。
／大多都是走路過去的，但有時候會搭公車。

0373 □□□

だいどころ【台所】

名 廚房

類 キッチン（kitchen・廚房）

例 猫は部屋にも台所にもいませんでした。
／貓咪不在房間，也不在廚房。

文法
にも
▶ 強調格助詞前面的名詞的作用。

0374 □□□

たいへん【大変】

副・形動 很，非常，太；不得了

類 とても（非常）

例 昨日の料理はたいへんおいしかったです。
／昨天的菜餚非常美味。

0375 □□□

たかい【高い】

形 （價錢）貴；（程度，數量，身材等）高，高的

類 大きい（高大的） 對 安い（便宜）；低い（矮的）

例 あのレストランは、まずくて高いです。
／那間餐廳又貴又難吃。

0376 □□□

たくさん【沢山】

名・形動・副 很多，大量；足夠，不再需要

類 一杯（充滿） 對 少し（少許）

例 とりがたくさん空を飛んでいます。／許多鳥在天空飛翔著。

0377 □□□

タクシー【taxi】

名 計程車

類 電車（電車）

例 時間がありませんから、タクシーで行きましょう。
／沒時間了，搭計程車去吧！

だけ～たまご

0378 □□□

だけ

副助 只有…

類 しか（只有）

例 小川（おがわ）さんだけお酒（さけ）を飲（の）みます。
／只有小川先生要喝酒。

> 文法
> **だけ［只，僅僅］**
> ▶ 表示只限於某範圍，除此以外沒有別的了。

0379 □□□

だす【出す】

他五 拿出，取出；提出；寄出

類 渡（わた）す（交給） 對 入（い）れる（放入）

例 きのう友達（ともだち）に手紙（てがみ）を出（だ）しました。
／昨天寄了封信給朋友。

0380 □□□

たち【達】

接尾（表示人的複數）…們，…等

類 等（ら）（們）

例 学生（がくせい）たちはどの電車（でんしゃ）に乗（の）りますか。
／學生們都搭哪一輛電車呢？

> 文法
> **たち［…們］**
> ▶ 接在人稱代名詞的後面，表示人的複數。

0381 □□□

たつ【立つ】

自五 站立；冒，升；出發

類 起（お）きる（立起來） 對 座（すわ）る（坐）

例 家（いえ）の前（まえ）に女（おんな）の人（ひと）が立（た）っていた。／家門前站了個女人。

0382 □□□

たてもの【建物】

名 建築物，房屋

類 家（いえ）（住家）

例 あの大（おお）きな建物（たてもの）は図書館（としょかん）です。
／那棟大建築物是圖書館。

> 文法
> **形容動詞な＋名詞**
> ▶ 形容動詞修飾後面的名詞。

0383 □□□

たのしい【楽しい】

形 快樂，愉快，高興

類 面白（おもしろ）い（有趣） 對 つまらない（無趣）

例 旅行（りょこう）は楽（たの）しかったです。／旅行真愉快。

讀書計劃：□□／□□

0384 □□□

たのむ【頼む】

(他五) 請求，要求；委託，託付；依靠

類 願う（要求）

例 男の人が飲み物を頼んでいます。／男人正在點飲料。

0385 □□□

たばこ【煙草】

(名) 香煙；煙草

例 1日に6本たばこを吸います。／一天抽六根煙。

0386 □□□

たぶん【多分】

(副) 大概，或許；恐怕

類 大抵（大概）

例 あの人はたぶん学生でしょう。／那個人大概是學生吧。

文法

でしょう［也許…，可能…，大概…吧］

▶ 表示說話者的推測，說話者不是很確定。

0387 □□□

たべもの【食べ物】

(名) 食物，吃的東西

對 飲み物（飲料）

例 好きな食べ物は何ですか。／你喜歡吃什麼食物呢？

0388 □□□

たべる【食べる】

(他下一) 吃

類 頂く（吃；喝） 對 飲む（喝）

例 レストランで1,000円の魚料理を食べました。／在餐廳裡吃了一道千元的鮮魚料理。

0389 □□□

たまご【卵】

(名) 蛋，卵；鴨蛋，雞蛋

類 卵（卵子）

例 この卵は6個で300円です。／這個雞蛋六個賣三百日圓。

だれ～ちゃいろ

0390 □□□

だれ【誰】

㊹ 誰，哪位

類 どなた（哪位）

例 部屋（へや）には誰（だれ）もいません。／房間裡沒有半個人。

文法 だれも［誰也（不）…，誰都（不）…］
▶ 後接否定。表示全面的否定。

Track 2 18

0391 □□□

だれか【誰か】

㊹ 某人；有人

例 誰（だれ）か窓（まど）を閉（し）めてください。／誰來把窗戶關一下。

文法 だれか［某人］
▶ 表示不確定是誰。

0392 □□□

たんじょうび【誕生日】

㊔ 生日

類 バースデー（birthday・生日）

例 おばあさんの誕生日（たんじょうび）は10月（じゅうがつ）です。／奶奶的生日在十月。

0393 □□□

だんだん【段々】

㊓ 漸漸地

對 急（きゅう）に（突然間）

例 もう春（はる）ですね。これから、だんだん暖（あたた）かくなりますね。／已經春天了呢！今後會漸漸暖和起來吧。

文法 形容詞く＋なります
▶ 表示事物的變化。

ち

0394 □□□

ちいさい【小さい】

㊒ 小的；微少，輕微；幼小的

類 低（ひく）い（低的） 對 大（おお）きい（大的）

例 この小（ちい）さい辞書（じしょ）は誰（だれ）のですか。／這本小辭典是誰的？

文法 だれ［誰］
▶ 是詢問人的詞。

0395 □□□

ちかい【近い】

㊒（距離，時間）近，接近，靠近

類 短（みじか）い（短的） 對 遠（とお）い（遠的）

例 すみません、図書館（としょかん）は近（ちか）いですか。／請問一下，圖書館很近嗎？

0396 □□□

ちがう【違う】

自五 不同，差異；錯誤；違反，不符

類 間違える（弄錯） 對 同じ（一樣）

例「これは山田さんの傘ですか。」「いいえ、違います。」

／「這是山田小姐的傘嗎？」「不，不是。」

0397 □□□

ちかく【近く】

名·副 附近，近旁；（時間上）近期，即將

類 隣（隔壁） 對 遠く（遠的）

例 駅の近くにレストランがあります。

／車站附近有餐廳。

文法

…に…があります［…有…］

▶ 表某處存在某物。也就是無生命事物的存在場所。

0398 □□□

ちかてつ【地下鉄】

名 地下鐵

類 電車（電車）

例 地下鉄で空港まで3時間もかかります。

／搭地下鐵到機場竟要花上三個小時。

0399 □□□

ちち【父】

名 家父，爸爸，父親

類 パパ（papa・爸爸） 對 母（家母）

例 8日から10日まで父と旅行しました。

／八號到十號我和爸爸一起去了旅行。

文法

…から、…まで［從…到…］

▶ 表示時間的起點和終點，也就是時間的範圍。

0400 □□□

ちゃいろ【茶色】

名 茶色

類 ブラウン（brown・棕色）

例 山田さんは茶色の髪の毛をしています。

／山田小姐是咖啡色的頭髮。

ちゃわん～つくる

0401 □□□

ちゃわん【茶碗】

㊔ 碗，茶杯，飯碗

類 コップ（kop・杯子；玻璃杯）

例 鈴木（すずき）さんは茶碗（ちゃわん）やコップをきれいにしました。

／鈴木先生將碗和杯子清乾淨了。

文法

形容動詞に＋します［使變成…］

▶ 表示事物的變化。是人為的、有意圖性的施加作用，而產生變化。

▶ 近 名詞に＋します［變成…］

0402 □□□

ちゅう【中】

名・接尾 中央，中間；…期間，正在…當中；在…之中

例 明日（あした）の午前中（ごぜんちゅう）はいい天気（てんき）になりますよ。

／明天上午期間會是好天氣喔！

文法

ちゅう［…中］

▶ 表示正在做什麼，或那個期間裡之意。

名詞に＋なります［變成…］

▶ 表事物的變化。無意識中物體本身產生的自然變化。

0403 □□□

ちょうど【丁度】

副 剛好，正好；正，整

類 同（おな）じ（一樣）

例 30（さんじゅう）たす 70（ななじゅう）はちょうど 100（ひゃく）です。／ 30 加 70 剛好是 100。

0404 □□□

ちょっと【一寸】

副・感 一下子；（下接否定）不太…，不太容易…；一點點

類 少（すこ）し（少許） 對 沢山（たくさん）（很多）

例 ちょっとこれを見（み）てくださいませんか。

／你可以幫我看一下這個嗎？

文法

てくださいませんか［能不能請你…］

▶ 表示請求。說法較有禮貌。請求的內容給對方負擔較大，因此有婉轉地詢問對方是否願意的語氣。

つ

0405 □□□

ついたち【一日】

名（每月）一號，初一

例 仕事（しごと）は七月一日（しちがつついたち）から始（はじ）まります。／從七月一號開始工作。

讀書計劃：□□／□□

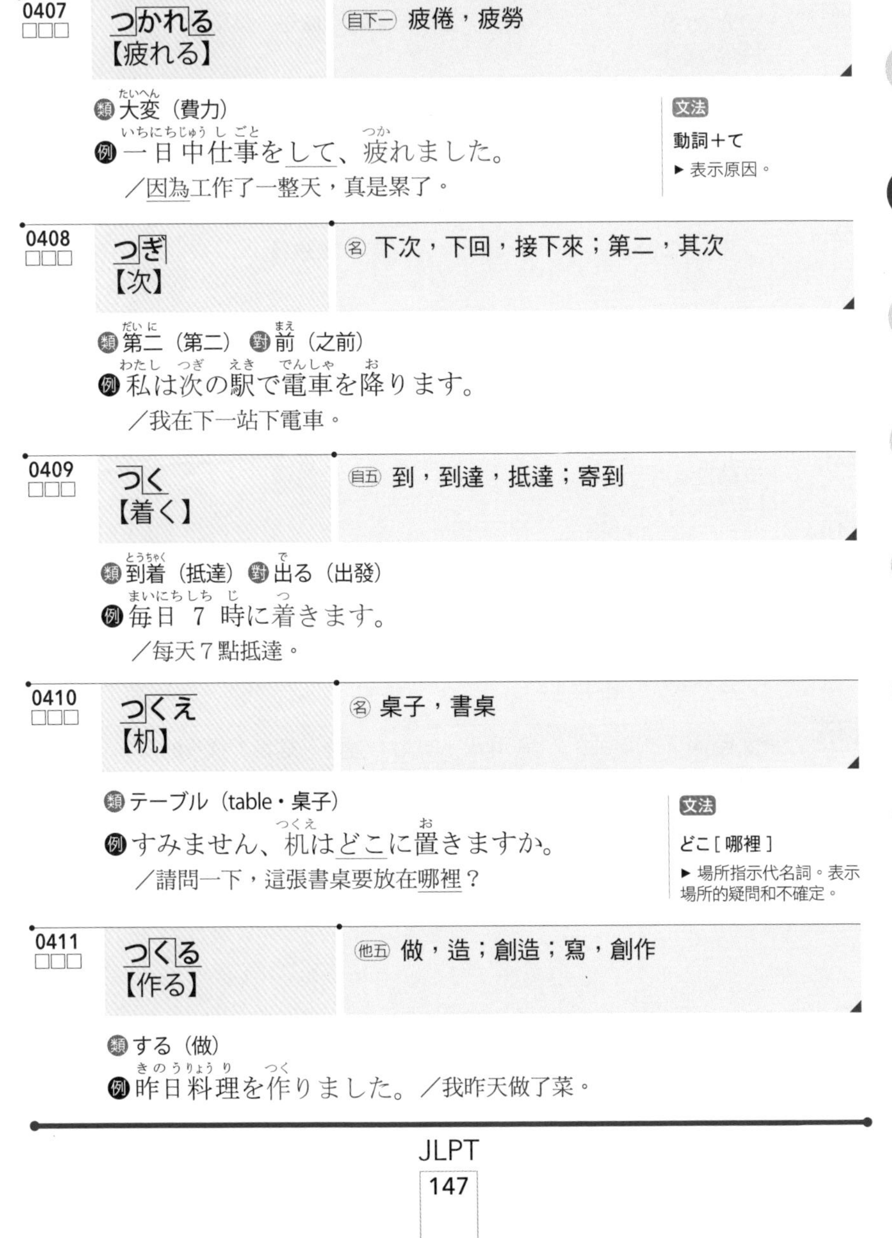

0406 □□□

つかう【使う】 他五 使用；雇傭；花費

類 要る（需要）

例 和食はお箸を使い、洋食はフォークとナイフを使います。

／日本料理用筷子，西洋料理則用餐叉和餐刀。

0407 □□□

つかれる【疲れる】 自下一 疲倦，疲勞

類 大変（費力）

例 一日中仕事をして、疲れました。

／因為工作了一整天，真是累了。

文法

動詞＋て

▸ 表示原因。

0408 □□□

つぎ【次】 名 下次，下回，接下來；第二，其次

類 第二（第二） 對 前（之前）

例 私は次の駅で電車を降ります。

／我在下一站下電車。

0409 □□□

つく【着く】 自五 到，到達，抵達；寄到

類 到着（抵達） 對 出る（出發）

例 毎日 7 時に着きます。

／每天 7 點抵達。

0410 □□□

つくえ【机】 名 桌子，書桌

類 テーブル（table・桌子）

例 すみません、机はどこに置きますか。

／請問一下，這張書桌要放在哪裡？

文法

どこ［哪裡］

▸ 場所指示代名詞。表示場所的疑問和不確定。

0411 □□□

つくる【作る】 他五 做，造；創造；寫，創作

類 する（做）

例 昨日料理を作りました。／我昨天做了菜。

つける～てがみ

0412 □□□

つける【点ける】

他下一 點（火），點燃；扭開（開關），打開

對 消す（關掉）

例 部屋の電気をつけました。

／我打開了房間的電燈。

0413 □□□

つとめる【勤める】

他下一 工作，任職；擔任（某職務）

類 働く（工作）

例 私は銀行に３５年間勤めました。

／我在銀行工作了 35 年。

0414 □□□

つまらない

形 無趣，沒意思；無意義

對 面白い（有趣）；楽しい（好玩）

例 大人の本は子どもにはつまらないでしょう。

／我想大人看的書對小孩來講很無趣吧！

0415 □□□

Track 2 19

つめたい【冷たい】

形 冷，涼；冷淡，不熱情

類 寒い（寒冷的） 對 熱い（熱的）

例 お茶は、冷たいのと熱いのとどちらがいいですか。

／你茶要冷的還是熱的？

文法

の

▶ 前接形容詞。這個「の」是一個代替名詞，代替句中前面已出現過的某個名詞。

0416 □□□

つよい【強い】

形 強悍，有力；強壯，結實；擅長的

類 上手（擅長的） 對 弱い（軟弱）

例 明日は風が強いでしょう。

／明天風很強吧。

讀書計劃：□□／□□

0417 □□□

て
【手】

㊔ 手，手掌；胳膊

類 ハンド（hand・手） 對 足（腳）

例 手をきれいにしてください。
／請把手弄乾淨。

0418 □□□

テープ
【tape】

㊔ 膠布；錄音帶，卡帶

類 ラジオ（radio・收音機）

例 テープを入れてから、赤いボタンを押します。
／放入錄音帶後，按下紅色的按鈕。

0419 □□□

テープレコーダー
【tape recorder】

㊔ 磁帶錄音機

類 テレコ（tape recorder 之略・錄音機）

例 テープレコーダーで日本語の発音を練習しています。
／我用錄音機在練習日語發音。

文法
動詞＋ています
▸ 表示動作或事情的持續，也就是動作或事情正在進行中。

0420 □□□

テーブル
【table】

㊔ 桌子；餐桌，飯桌

類 机（書桌）

例 お箸はテーブルの上に並べてください。
／請將筷子擺到餐桌上。

0421 □□□

でかける
【出掛ける】

自下一 出去，出門，到…去；要出去

類 出る（出去） 對 帰る（回來）

例 毎日７時に出かけます。／每天７點出門。

0422 □□□

てがみ
【手紙】

㊔ 信，書信，函

類 葉書（明信片）

例 きのう友達に手紙を書きました。／昨天寫了封信給朋友。

0423 □□□

できる【出来る】

自上一 能，可以，辦得到；做好，做完

類 なる（完成）

例 山田（やまだ）さんはギターもピアノもできますよ。

／山田小姐既會彈吉他又會彈鋼琴呢！

文法
よ［…喔］
▶ 請對方注意，或使對方接受自己的意見時，用來加強語氣。說話者認為對方不知道，想引起對方注意。

0424 □□□

でぐち【出口】

名 出口

對 入り口（いりぐち）（入口）

例 すみません、出口（でぐち）はどちらですか。

／請問一下，出口在哪邊？

文法
どちら［哪邊；哪位］
▶ 方向指示代名詞，表示方向的不確定和疑問。也可以用來指人。也可說成「どっち」。

0425 □□□

テスト【test】

名 考試，試驗，檢查

類 試験（しけん）（考試）

例 テストをしていますから、静（しず）かにしてください。

／現在在考試，所以請安靜。

0426 □□□

では

接續 那麼，那麼說，要是那樣

類 それでは（那麼）

例 では、明日（あした）見（み）に行（い）きませんか。

／那明天要不要去看呢？

文法
に［去…，到…］
▶ 表示動作、作用的目的、目標。
ませんか［要不要…呢］
▶ 表示行為、動作是否要做，在尊敬對方抉擇的情況下，有禮貌地勸誘一起做某事。

0427 □□□

デパート【department store】

名 百貨公司

類 百貨店（ひゃっかてん）（百貨公司）

例 近（ちか）くに新（あたら）しいデパートができて賑（にぎ）やかになりました。

／附近開了家新百貨公司，變得很熱鬧。

0428 □□□

ではおげんきで【ではお元気で】 寒暄 請多保重身體

例 お婆ちゃん、楽しかったです。ではお元気で。／婆婆今天真愉快！那，多保重身體喔！

0429 □□□

では、また 寒暄 那麼，再見

例 では、また後で。／那麼，待會見。

0430 □□□

でも 接續 可是，但是，不過；話雖如此

類 しかし（但是）

例 彼は夏でも厚いコートを着ています。／他就算是夏天也穿著厚重的外套。

文法

でも

▶ 強調格助詞前面的名詞的作用。

0431 □□□

でる【出る】 自下一 出來，出去；離開

類 出かける（外出） 對 入る（進入）

例 ７時に家を出ます。／７點出門。

0432 □□□

テレビ【television 之略】 名 電視

類 テレビジョン（television・電視機）

例 昨日はテレビを見ませんでした。／昨天沒看電視。

0433 □□□

てんき【天気】 名 天氣；晴天，好天氣

類 晴れ（晴天）

例 今日はいい天気ですね。／今天天氣真好呀！

0434 □□□

でんき【電気】 名 電力；電燈；電器

例 ドアの右に電気のスイッチがあります。／門的右邊有電燈的開關。

でんしゃ～どうぞよろしく

0435 □□□
でんしゃ【電車】
㊔ 電車

類 新幹線（新幹線）
例 大学まで電車で30分かかります。
／坐電車到大學要花30分鐘。

0436 □□□
でんわ【電話】
名・自サ 電話；打電話

類 携帯電話（手機）
例 林さんは明日村田さんに電話します。
／林先生明天會打電話給村田先生。

と

0437 □□□
と【戸】
㊔（大多指左右拉開的）門；大門

類 ドア（door・門）
例「戸」は左右に開けたり閉めたりするものです。
／「門」是指左右兩邊可開可關的東西。

文法
…たり、…たりします［又是…，又是…；有時…，有時…］
▸ 表動作的並列，舉出代表性的，暗示還有其他的。另表動作的反覆實行，説明有多種情況或對比情況。

0438 □□□
ど【度】
名・接尾 …次；…度（溫度，角度等單位）

類 回数（次數）
例 たいへん、熱が39度もありますよ。
／糟了！發燒到39度耶！

0439 □□□
ドア【door】
㊔（大多指西式前後推開的）門；（任何出入口的）門

類 戸（門戶）
例 寒いです。ドアを閉めてください。
／好冷。請關門。

0440 □□□

トイレ【toilet】

㊔ 廁所，洗手間，盥洗室

類 手洗い（洗手間）

例 トイレはどちらですか。

／廁所在哪邊？

0441 □□□

どう

副 怎麼，如何

類 如何（如何）

例 この店のコーヒーはどうですか。

／這家店的咖啡怎樣？

文法

どう［如何，怎麼樣］

▶ 詢問對方的想法及健康狀況，及不知情況如何或該怎麼做等。也用在勸誘時。

0442 □□□

どういたしまして

寒暄 沒關係，不用客氣，算不了什麼

類 大丈夫です（不要緊）

例「ありがとうございました。」「どういたしまして。」

／「謝謝您。」「不客氣。」

0443 □□□

Track 2 20

どうして

副 為什麼，何故

類 何故（為何）

例 昨日はどうして早く帰ったのですか。

／昨天為什麼早退？

文法

どうして［為什麼］

▶ 詢問理由的疑問詞。口語常用「なんで」。

0444 □□□

どうぞ

副（表勸誘，請求，委託）請；（表承認，同意）可以，請

類 はい（可以）

例 コーヒーをどうぞ。／請用咖啡。

0445 □□□

どうぞよろしく

寒暄 指教，關照

例 はじめまして、どうぞよろしく。

／初次見面，請多指教。

0446 □□□

どうぶつ【動物】

㊔（生物兩大類之一的）動物；（人類以外，特別指哺乳類）動物

對 植物（植物）

例 犬は動物です。／狗是動物。

0447 □□□

どうも

副 怎麼也；總覺得；實在是，真是；謝謝

類 本当に（真是）

例 遅くなって、どうもすみません。

／我遲到了，真是非常抱歉。

0448 □□□

どうもありがとうございました

寒暄 謝謝，太感謝了

類 お世話様（感謝您）

例 ご親切に、どうもありがとうございました。

／感謝您這麼親切。

0449 □□□

とお【十】

㊔（數）十；十個；十歲

類 十個（十個）

例 うちの太郎は来月十になります。／我家太郎下個月滿十歲。

0450 □□□

とおい【遠い】

㊋（距離）遠；（關係）遠，疏遠；（時間間隔）久遠

對 近い（近）

例 駅から学校までは遠いですか。

／從車站到學校很遠嗎？

文法

から…まで［從…到…］

▶ 表明空間的起點和終點，也就是距離的範圍。

0451 □□□

とおか【十日】

㊔（每月）十號，十日；十天

類 10日間（十天）

例 十日の日曜日どこか行きますか。

／十號禮拜日你有打算去哪裡嗎？

文法

か

▶ 接於疑問詞後，表示不明確的、不肯定的，或是沒有必要說明的事物。

讀書計劃：□□／□□

0452 □□□

とき【時】

㊔（某個）時候

類 時間（時候）

例 妹が生まれたとき、父は外国にいました。

／妹妹出生的時候，爸爸人在國外。

0453 □□□

ときどき【時々】

副 有時，偶爾

類 偶に（偶爾）

例 ときどき 7 時に出かけます。

／有時候會 7 點出門。

0454 □□□

とけい【時計】

㊔ 鐘錶，手錶

例 あの赤い時計は私のです。

／那紅色的錶是我的。

文法

…の［…的］

▶ 擁有者的所屬物。這裡的準體助詞「の」，後面可以省略前面出現過的名詞，不需要再重複，或替代該名詞。

0455 □□□

どこ

代 何處，哪兒，哪裡

類 どちら（哪裡）

例 あなたはどこから来ましたか。

／你從哪裡來的？

0456 □□□

ところ【所】

㊔（所在的）地方，地點

類 場所（地點）

例 今年は暖かい所へ遊びにいきました。

／今年去了暖和的地方玩。

文法

へ［往…，去…］

▶ 前接跟地方有關的名詞，表示動作、行為的方向。同時也指行為的目的地。

とし～どようび

0457 □□□

とし【年】

㊔ 年；年紀

類 歳（年齢）

例 彼、年はいくつですか。／他年紀多大？

文法

いくつ［幾歳］

▶ 詢問年齡。

0458 □□□

としょかん【図書館】

㊔ 圖書館

類 ライブラリー（library・圖書館）

例 この道をまっすぐ行くと大きな図書館があります。

／這條路直走，就可以看到大型圖書館。

0459 □□□

どちら

㊹（方向，地點，事物，人等）哪裡，哪個，哪位（口語為「どっち」）

類 どこ（哪裡）

例 ホテルはどちらにありますか。

／飯店在哪裡？

0460 □□□

とても

㊸ 很，非常；（下接否定）無論如何也…

類 大変（非常）

例 今日はとても疲れました。

／今天非常地累。

0461 □□□

どなた

㊹ 哪位，誰

類 誰（誰）

例 今日はどなたの誕生日でしたか。

／今天是哪位生日？

文法

どなた［哪位…］

▶ 是詢問人的詞。比「だれ」説法還要客氣。

0462 □□□

となり【隣】

㊔ 鄰居，鄰家；隔壁，旁邊；鄰近，附近

類 近所（附近）

例 花はテレビの隣におきます。

／把花放在電視的旁邊。

0463 □□□

どの

連體 哪個，哪…

例 どの席（せき）がいいですか。
／哪個座位好呢？

文法
どの［哪…］
▶ 指示連體詞。表示事物的疑問和不確定。

0464 □□□

とぶ
【飛ぶ】

自五 飛，飛行，飛翔

類 届く（とどく）（送達）

例 南（みなみ）のほうへ鳥（とり）が飛（と）んでいきました。
／鳥往南方飛去了。

文法
が
▶ 描寫眼睛看得到的、耳朵聽得到的事情。

0465 □□□

とまる
【止まる】

自五 停，停止，停靠；停頓；中斷

類 止める（やめる）（停止） 對 動く（うごく）（轉動）

例 次（つぎ）の電車（でんしゃ）は学校（がっこう）の近（ちか）くに止（と）まりませんから、乗（の）らないでください。
／下班車不停學校附近，所以請不要搭乘。

文法
…ないでください
［請不要…］
▶ 表示否定的請求命令，請求對方不要做某事。

0466 □□□

ともだち
【友達】

名 朋友，友人

類 友人（ゆうじん）（朋友）

例 友達（ともだち）と電話（でんわ）で話（はな）しました。
／我和朋友通了電話。

0467 □□□

どようび
【土曜日】

名 星期六

類 土曜（どよう）（週六）

例 先週（せんしゅう）の土曜日（どようび）はとても楽（たの）しかったです。
／上禮拜六玩得很高興。

とり～ながら

0468 □□□

とり【鳥】

㊔ 鳥，禽類的總稱；雞

類 小鳥（小鳥）

例 私の家には鳥がいます。
／我家有養鳥。

文法

…に…がいます［…有…］

▶ 表某處存在某物或人。也就是有生命的人或動物的存在場所。

0469 □□□

とりにく【鶏肉・鳥肉】

㊔ 雞肉；鳥肉

類 チキン（chicken・雞肉）

例 今晩は鶏肉ご飯を食べましょう。／今晚吃雞肉飯吧！

0470 □□□

とる【取る】

他五 拿取，執，握；採取，摘；（用手）操控

類 持つ（拿取） 對 渡す（遞給）

例 田中さん、その新聞を取ってください。
／田中先生，請幫我拿那份報紙。

0471 □□□

とる【撮る】

他五 拍照，拍攝

類 撮影する（攝影）

例 ここで写真を撮りたいです。
／我想在這裡拍照。

文法

ここ［這裡］

▶ 場所指示代名詞。指離説話者近的場所。

0472 □□□

どれ

㊹ 哪個

類 どちら（哪個）

例 あなたのコートはどれですか。
／哪一件是你的大衣？

文法

どれ［哪個］

▶ 事物指示代名詞。表示事物的不確定和疑問。

0473 □□□

どんな

連體 什麼樣的

類 どのような（哪樣的）

例 どんな音楽をよく聞きますか。／你常聽哪一種音樂？

0474 □□□

Track 2 21

ない【無い】 ㊒ 沒，沒有；無，不在

對 有（あ）る（有）

例 日本（にほん）に 4,000（よんせん）メートルより高（たか）い山（やま）はない。
／日本沒有高於 4000 公尺的山。

0475 □□□

ナイフ【knife】 ㊔ 刀子，小刀，餐刀

類 包丁（ほうちょう）（菜刀）

例 ステーキをナイフで小（ちい）さく切（き）った。
／用餐刀將牛排切成小塊。

0476 □□□

なか【中】 ㊔ 裡面，內部；其中

類 間（あいだ）（中間） 對 外（そと）（外面）

例 公園（こうえん）の中（なか）に喫茶店（きっさてん）があります。
／公園裡有咖啡廳。

0477 □□□

ながい【長い】 ㊒（時間、距離）長，長久，長遠

類 久（ひさ）しい（〈時間〉很久） 對 短（みじか）い（短）

例 この川（かわ）は世界（せかい）で一番長（いちばんなが）い川（かわ）です。
／這條河是世界第一長河。

0478 □□□

ながら 接助 邊…邊…，一面…一面…

例 朝（あさ）ご飯（はん）を食（た）べながら新聞（しんぶん）を読（よ）みました。
／我邊吃早餐邊看報紙。

文法
ながら [一邊…一邊…]
▶ 表示同一主體同時進行兩個動作。

なく～なまえ

0479 □□□

なく【鳴く】

自五（鳥，獸，虫等）叫，鳴

類 呼ぶ（喊叫）

例 木の上で鳥が鳴いています。

／鳥在樹上叫著。

文法

動詞 + ています

▶ 表示動作正在進行中。

0480 □□□

なくす【無くす】

他五 丟失；消除

類 失う（失去）

例 大事なものだから、なくさないでください。

／這東西很重要，所以請不要弄丟了。

0481 □□□

なぜ【何故】

副 為何，為什麼

類 どうして（為什麼）

例 なぜ昨日来なかったのですか。

／為什麼昨天沒來？

文法

なぜ［為什麼］

▶ 詢問理由的疑問詞。口語常用「なんで」。

0482 □□□

なつ【夏】

名 夏天，夏季

對 冬（冬天）

例 来年の夏は外国へ行きたいです。

／我明年夏天想到國外去。

0483 □□□

なつやすみ【夏休み】

名 暑假

類 休み（休假）

例 夏休みは何日から始まりますか。

／暑假是從幾號開始放的？

0484 □□□

など
【等】

副助（表示概括，列舉）…等

類 なんか（之類）

例 朝は料理や洗濯などで忙しいです。

／早上要做飯、洗衣等，真是忙碌。

文法
…や…など［和…等］
▶ 表示舉出幾項作為代表，但沒有全部說完。

0485 □□□

ななつ
【七つ】

名（數）七個；七歲

類 七個（七個）

例 コップは七つください。

／請給我七個杯子。

0486 □□□

なに・なん
【何】

代 什麼；任何

例 これは何というスポーツですか。

／這運動名叫什麼？

文法
これ［這個］
▶ 事物指示代名詞。指離說話者近的事物。

0487 □□□

なのか
【七日】

名（每月）七號；七日，七天

類 7日間（七天）

例 七月七日は七夕祭りです。

／七月七號是七夕祭典。

文法
…は…です［…是…］
▶ 主題是後面要敘述或判斷的對象。對象只限「は」所提示範圍。「です」表示對主題的斷定或說明。

0488 □□□

なまえ
【名前】

名（事物與人的）名字，名稱

類 苗字（姓）

例 ノートに名前が書いてあります。

／筆記本上有寫姓名。

文法
に
▶ 表示存在的場所。後接「います」和「あります」表存在。「あります」用在無生命物體名詞。

0489 □□□

ならう【習う】

他五 學習；練習

類 学ぶ（學習） 對 教える（教授）

例 李さんは日本語を習っています。

／李小姐在學日語。

文法

を

▶ 表示動作的目的或對象。

0490 □□□

ならぶ【並ぶ】

自五 並排，並列，列隊

類 並べる（排列）

例 私と彼女が二人並んで立っている。

／我和她兩人一起並排站著。

0491 □□□

ならべる【並べる】

他下一 排列；並排；陳列；擺，擺放

類 置く（擺放）

例 玄関にスリッパを並べた。

／我在玄關的地方擺放了室內拖鞋。

文法

に［…到；對…；在…；給…］

▶「に」的前面接物品或場所，表示施加動作的對象，或是施加動作的場所、地點。

0492 □□□

なる【為る】

自五 成為，變成；當（上）

類 変わる（變成）

例 天気が暖かくなりました。

／天氣變暖和了。

文法

形容詞く＋なります

▶ 表示事物的變化。

に

0493 □□□

Track 2 22

に【二】

名（數）二，兩個

類 二つ（兩個）

例 二階に台所があります。

／２樓有廚房。

文法

…に…があります［…有…］

▶ 表某處存在某物。也就是無生命事物的存在場所。

讀書計劃：□□／□□

0494 □□□

にぎやか【賑やか】

形動 熱鬧，繁華；有說有笑，鬧哄哄

類 楽しい（愉快的） 對 静か（安靜）

例 この八百屋さんはいつも賑やかですね。

／這家蔬果店總是很熱鬧呢！

文法

この［這…］

▶ 指示連體詞。指離説話者近的事物。

0495 □□□

にく【肉】

名 肉

類 体（肉體）

例 私は肉も魚も食べません。

／我既不吃肉也不吃魚。

文法

…も…も

▶ 表示同性質的東西並列或列舉。

0496 □□□

にし【西】

名 西，西邊，西方

類 西方（西方） 對 東（東方）

例 西の空が赤くなりました。

／西邊的天色變紅了。

文法

…の…［…的…］

▶ 用於修飾名詞，表示該名詞的所有者、內容説明、作成者、數量、材料還有時間、位置等等。

0497 □□□

にち【日】

名 號，日，天（計算日數）

例 1日に3回薬を飲んでください。

／一天請吃三次藥。

文法

に

▶ 表示某一範圍內的數量或次數。

0498 □□□

にちようび【日曜日】

名 星期日

類 日曜（週日）

例 日曜日の公園は人が大勢います。

／禮拜天的公園有很多人。

文法

…は…が…います［在…有…］

▶ 表示有生命物體的存在。

にもつ～ノート

0499 □□□

にもつ
【荷物】

㊔ 行李，貨物

類 スーツケース（suitcase・旅行箱）

例 重(おも)い荷物(にもつ)を持(も)って、とても疲(つか)れました。

／提著很重的行李，真是累壞了。

文法
動詞＋て
▶ 表示原因。

0500 □□□

ニュース
【news】

㊔ 新聞，消息

類 新聞(しんぶん)（報紙）

例 山田(やまだ)さん、ニュースを見(み)ましたか。

／山田小姐，你看新聞了嗎？

文法
か［嗎，呢］
▶ 接於句末，表示問別人自己想知道的事。

0501 □□□

にわ
【庭】

㊔ 庭院，院子，院落

類 公園(こうえん)（公園）

例 私(わたし)は毎日(まいにち)庭(にわ)の掃除(そうじ)をします。

／我每天都會整理院子。

0502 □□□

にん
【人】

接尾 …人

類 人(ひと)（人）

例 昨日(きのう)四人(よにん)の先生(せんせい)に電話(でんわ)をかけました。

／昨天我打電話給四位老師。

文法
に［給…，跟…］
▶ 表示動作、作用的對象。

ぬ

0503 □□□

ぬぐ
【脱ぐ】

他五 脫去，脫掉，摘掉

類 取(と)る（脫掉） 對 着(き)る（穿）

例 コートを脱(ぬ)いでから、部屋(へや)に入(はい)ります。

／脫掉外套後進房間。

文法
に
▶ 表動作移動的到達點。

ね

0504 □□□

ネクタイ【necktie】

㊔ 領帶

類 マフラー（muffler・圍巾）

例 父の誕生日にネクタイをあげました。

／爸爸生日那天我送他領帶。

文法

に［在…］

▶ 在某時間做某事。表示動作、作用的時間。

0505 □□□

ねこ【猫】

㊔ 貓

類 キャット（cat・貓）；動物（動物）；ペット（pet・寵物）

例 猫は黒くないですが、犬は黒いです。

／貓不是黑色的，但狗是黑色的。

文法

…は…が、…は…［但是…］

▶ 區別、比較兩個對立的事物，對照地提示兩種事物。

0506 □□□

ねる【寝る】

自下一 睡覺，就寢；躺下，臥

類 休む（就寢） 對 起きる（起床）

例 疲れたから、家に帰ってすぐに寝ます。

／因為很累，所以回家後馬上就去睡。

文法

…から、…［因為…］

▶ 表示原因、理由。說話者出於個人主觀理由，進行請求、命令、希望、主張及推測。

0507 □□□

ねん【年】

㊔ 年（也用於計算年數）

例 だいたい１年に２回旅行をします。

／一年大約去旅行兩趟。

の

0508 □□□

ノート【notebook 之略】

㊔ 筆記本；備忘錄

類 手帳（記事本）

例 ノートが２冊あります。

／有兩本筆記本。

のぼる～はいる

0509 □□□

のぼる【登る】

自五 登，上；攀登（山）

類 登山（とざん）（爬山） 對 降りる（おりる）（下來）

例 私（わたし）は友達（ともだち）と山（やま）に登（のぼ）りました。

／我和朋友去爬了山。

0510 □□□

のみもの【飲み物】

名 飲料

類 食べ物（たべもの）（食物）

例 私（わたし）の好（す）きな飲（の）み物（もの）は紅茶（こうちゃ）です。

／我喜歡的飲料是紅茶。

文法

形容動詞な＋名詞

▶ 形容動詞修飾後面的名詞。

0511 □□□

のむ【飲む】

他五 喝，吞，嚥，吃（藥）

類 吸う（すう）（吸）

例 毎日（まいにち）、薬（くすり）を飲（の）んでください。

／請每天吃藥。

0512 □□□

のる【乗る】

自五 騎乘，坐；登上

類 乗り物（のりもの）（交通工具） 對 降りる（おりる）（下來）

例 ここでタクシーに乗（の）ります。

／我在這裡搭計程車。

文法

ここ［這裡］

▶ 場所指示代名詞。指離說話者近的場所。

0513
は【歯】 ㊔ 牙齒

類 虫歯（蛀牙）
例 夜、歯を磨いてから寝ます。
／晚上刷牙齒後再睡覺。

文法
てから［先做…，然後再做…］
▶ 表示前句的動作做完後，進行後句的動作。強調先做前項的動作。

0514
パーティー【party】 ㊔（社交性的）集會，晚會，宴會，舞會

類 集まり（聚會）
例 パーティーでなにか食べましたか。
／你在派對裡吃了什麼？

文法
なにか［某些，什麼］
▶ 表示不確定。

0515
はい ㊵（回答）有，到；（表示同意）是的

類 ええ（是） 對 いいえ（不是）
例「山田さん！」「はい。」／「山田先生！」「有。」

0516
はい・ばい・ぱい【杯】 接尾 …杯

例 コーヒーを一杯いかがですか。
／請問喝杯咖啡如何？

文法
いかが［如何，怎麼樣］
▶ 詢問對方的想法及健康狀況，及不知情況如何或該怎麼做等。比「どう」更佳禮貌。也用在勸誘時。

0517
はいざら【灰皿】 ㊔ 菸灰缸

類 ライター（lighter・打火機）
例 すみません、灰皿をください。
／抱歉，請給我菸灰缸。

文法
…をください［給我…］
▶ 表示想要什麼的時候，跟某人要求某事物。

0518
はいる【入る】 自五 進，進入；裝入，放入

對 出る（出去）
例 その部屋に入らないでください。
／請不要進去那房間。

文法
…ないでください［請不要…］
▶ 表示否定的請求命令，請求對方不要做某事。

はがき～はじめる

0519 □□□

はがき【葉書】

㊔ 明信片

類 手紙（書信）

例 はがきを３枚と封筒を５枚お願いします。

／請給我三張明信片和五個信封。

文法

…と…[…和…，…與…]

▶ 表示幾個事物的並列。想要敘述的主要東西，全部都明確地列舉出來。

0520 □□□

はく【履く・穿く】

他五 穿（鞋，襪；褲子等）

類 着る（穿〈衣服〉）

例 田中さんは今日は青いズボンを穿いています。

／田中先生今天穿藍色的褲子。

文法

形容詞＋名詞

▶ 形容詞修飾名詞。形容詞本身有「…的」之意，所以不再加「の」。

0521 □□□

はこ【箱】

㊔ 盒子，箱子，匣子

類 ボックス（box・盒子）

例 箱の中にお菓子があります。

／盒子裡有點心。

0522 □□□

はし【箸】

㊔ 筷子，箸

例 君、箸の持ち方が下手だね。

／你呀！真不會拿筷子啊！

文法

かた[…法；…樣子]

▶ 表示方法、手段、程度跟情況。

0523 □□□

はし【橋】

㊔ 橋，橋樑

類 ブリッジ（bridge・橋）

例 橋はここから５分ぐらいかかります。

／從這裡走到橋約要５分鐘。

文法

ぐらい[大約，左右，上下]

▶ 表示時間上的推測、估計。一般用在無法預估正確的時間，或是時間不明確的時候。

0524 □□□

はじまる【始まる】

自五 開始，開頭；發生

類 スタート（start・開始） 對 終わる（結束）

例 もうすぐ夏休みが始まります。

／暑假即將來臨。

0525 □□□

はじめ【初め】

名 開始，起頭；起因

對 終わり（結束）

例 1時ごろ、初めに女の子が来て、次に男の子が来ました。

／一點左右，先是女生來了，接著男生來了。

文法

ごろ［左右］

▶ 表示大概的時間。一般只接在年月日，和鐘點的詞後面。

動詞＋て

▶ 表示這些行為動作一個接著一個，按照時間順序進行。

0526 □□□

はじめて【初めて】

副 最初，初次，第一次

類 一番（第一次）

例 初めて会ったときから、ずっと君が好きだった。

／我打從第一眼看到妳，就一直很喜歡妳。

文法

動詞＋名詞

▶ 動詞的普通形，可以直接修飾名詞。

0527 □□□

はじめまして【初めまして】

寒暄 初次見面，你好

例 初めまして、どうぞよろしく。

／初次見面，請多指教。

0528 □□□

はじめる【始める】

他下一 開始，創始

對 終わる（結束）

例 1時になりました。それではテストを始めます。

／1點了。那麼開始考試。

文法

それでは［那麼］

▶ 表示順態發展。根據對方的話，再說出自己的想法。或某事物的開始或結束，以及與人分別的時候。

あ か さ た な は ま や ら わ 練習

はしる～はなし

0529 □□□

はしる【走る】

自五（人，動物）跑步，奔跑；（車，船等）行駛

類 歩く（走路） 對 止まる（停住）

例 毎日どれぐらい走りますか。

／每天大概跑多久？

文法
どれぐらい［多久］
▶ 可視句子的內容，翻譯成「多久、多少、多少錢、多長、多遠」等。

0530 □□□

バス【bus】

名 巴士，公車

類 乗り物（交通工具）

例 バスに乗って、海へ行きました。

／搭巴士去了海邊。

文法
動詞＋て
▶ 表示行為的方法或手段。

0531 □□□

バター【butter】

名 奶油

例 パンにバターを厚く塗って食べます。

／在麵包上塗厚厚的奶油後再吃。

文法
動詞＋て
▶ 這些行為動作一個接著一個，按照時間順序進行。

0532 □□□

はたち【二十歳】

名 二十歳

例 私は二十歳で子どもを生んだ。

／我二十歲就生了孩子。

文法
で［在…；以…］
▶ 表示在某種狀態、情況下做後項的事情。

0533 □□□

はたらく【働く】

自五 工作，勞動，做工

類 勤める（工作） 對 遊ぶ（玩樂）

例 山田さんはご夫婦でいつも一生懸命働いていますね。

／山田夫婦兩人總是很賣力地工作呢！

0534 □□□

はち
【八】

㊔（數）八；八個

類 八つ（八個）

例 毎朝八時ごろ家を出ます。

／每天早上都八點左右出門。

文法

を

▶動作離開的場所用「を」。例如，從家裡出來或從車、船、飛機等交通工具下來。

0535 □□□

はつか
【二十日】

㊔（每月）二十日；二十天

類 20日間（二十天）

例 二十日の天気はどうですか。

／二十號的天氣如何？

文法

どう［如何，怎麼樣］

▶詢問對方的想法及健康狀況，及不知情況如何或該怎麼做等。也用在勸誘時。

0536 □□□

はな
【花】

㊔ 花

類 フラワー（flower・花）

例 ここで花を買います。

／在這裡買花。

文法

で［在…］

▶表示動作進行的場所。

0537 □□□

はな
【鼻】

㊔ 鼻子

例 赤ちゃんの小さい鼻がかわいいです。

／小嬰兒的小鼻子很可愛。

0538 □□□

はなし
【話】

㊔ 話，說話，講話

類 会話（談話）

例 あの先生は話が長い。

／那位老師話很多。

文法

あの［那…］

▶指示連體詞。指說話者及聽話者範圍以外的事物。

はなす～ばん

0539 □□□

はなす【話す】 他五 說，講；談話；告訴（別人）

Track2 24

類 言う（說） 對 聞く（聽）

例 食べながら、話さないでください。

／請不要邊吃邊講話。

文法 ながら［一邊…一邊…］

▸ 表示同一主體同時進行兩個動作。

0540 □□□

はは【母】 名 家母，媽媽，母親

類 ママ（mama・媽媽） 對 父（家父）

例 田舎の母から電話が来た。

／家鄉的媽媽打了電話來。

文法 から［從…，由…］

▸ 表示從某對象借東西、從某對象聽來的消息，或從某對象得到東西等。

0541 □□□

はやい【早い】 形（時間等）快，早；（動作等）迅速

對 遅い（慢）

例 時間がありません。早くしてください。

／沒時間了。請快一點！

文法 …てください［請…］

▸ 表示請求、指示或命令某人做某事。

0542 □□□

はやい【速い】 形（速度等）快速

對 遅い（慢）

例 バスとタクシーのどっちが速いですか。

／巴士和計程車哪個比較快？

文法 が

▸ 前接疑問詞。「が」也可以當作疑問詞的主語。

0543 □□□

はる【春】 名 春天，春季

類 春季（春天） 對 秋（秋天）

例 春には大勢の人が花見に来ます。

／春天有很多人來賞櫻。

文法 には

▸ 強調格助詞前面的名詞的作用。

0544 □□□
はる
【貼る・張る】

他五 貼上，糊上，黏上

類 付(つ)ける（安上）

例 封筒(ふうとう)に切手(きって)を貼(は)って出(だ)します。
／在信封上貼上郵票後寄出。

0545 □□□
はれる
【晴れる】

自下一（天氣）晴，（雨，雪）停止，放晴

類 天気(てんき)（好天氣） 對 曇(くも)る（陰天）

例 あしたは晴(は)れるでしょう。
／明天應該會放晴吧。

文法
でしょう
[也許…，大概…吧]
▶ 表示說話者的推測，說話者不是很確定。

0546 □□□
はん
【半】

名・接尾 …半；一半

類 半分(はんぶん)（一半） 對 倍(ばい)（加倍）

例 9時半(くじはん)に会(あ)いましょう。
／約九點半見面吧！

文法
ましょう [做…吧]
▶ 表示勸誘對方一起做某事。一般用在做那一行為、動作，事先已規定好，或已成為習慣的情況。

0547 □□□
ばん
【晩】

名 晚，晚上

類 夜(よる)（晚上） 對 朝(あさ)（早上）

例 朝(あさ)から晩(ばん)まで歌(うた)の練習(れんしゅう)をした。
／從早上練歌練到晚上。

文法
…から、…まで [從…到…]
▶ 表示時間的起點和終點，也就是時間的範圍。

0548 □□□
ばん
【番】

名・接尾（表示順序）第…，…號；輪班；看守

類 順番(じゅんばん)（順序）

例 8番(はちばん)の方(かた)、どうぞお入(はい)りください。
／8號的客人請進。

あ か さ た な は ま や ら わ 練習

パン～ひこうき

0549 □□□

パン
【(葡) pão】

㊔ 麵包

類 ブレッド（bread・麵包）

例 私(わたし)は、パンにします。

／我要點麵包。

0550 □□□

ハンカチ
【handkerchief】

㊔ 手帕

類 タオル（towel・毛巾）

例 その店(みせ)でハンカチを買(か)いました。

／我在那家店買了手帕。

文法

その［那…］

▶ 指示連體詞。指離聽話者近的事物。

0551 □□□

ばんごう
【番号】

㊔ 號碼，號數

類 ナンバー（number・號碼）

例 女(おんな)の人(ひと)の電話番号(でんわばんごう)は何番(なんばん)ですか。

／女生的電話號碼是幾號？

文法

なん［什麼］

▶ 代替名稱或情況不瞭解的事物。也用在詢問數字時。

0552 □□□

ばんごはん
【晩ご飯】

㊔ 晚餐

類 ご飯(はん)（吃飯）

例 いつも9時(くじ)ごろ晩(ばん)ご飯(はん)を食(た)べます。

／經常在9點左右吃晚餐。

0553 □□□

はんぶん
【半分】

㊔ 半，一半，二分之一

類 半(はん)（一半） 對 倍(ばい)（加倍）

例 バナナを半分(はんぶん)にしていっしょに食(た)べましょう。

／把香蕉分成一半一起吃吧！

0554 □□□

ひがし【東】

㊔ 東，東方，東邊

類 東方（東方） 對 西（西方）

例 町の東に長い川があります。

／城鎮的東邊有條長河。

0555 □□□

ひき【匹】

接尾（鳥，蟲，魚，獸）…匹，…頭，…條，…隻

例 庭に犬が２匹と猫が１匹います。

／院子裡有２隻狗和１隻貓。

0556 □□□

ひく【引く】

他五 拉，拖；翻查；感染（傷風感冒）

類 取る（抓住） 對 押す（推）

例 風邪をひきました。あまりご飯を食べたくないです。／我感冒了。不大想吃飯。

文法

あまり…ない（です）［（不）很；（不）怎樣；沒多少］

▶ 表示程度不特別高，數量不特別多。

0557 □□□

ひく【弾く】

他五 彈，彈奏，彈撥

類 音楽（音樂）

例 ギターを弾いている人は李さんです。

／那位在彈吉他的人是李先生。

0558 □□□

ひくい【低い】

形 低，矮；卑微，低賤

類 短い（短的） 對 高い（高的）

例 田中さんは背が低いです。／田中小姐個子矮小。

0559 □□□

ひこうき【飛行機】

㊔ 飛機

類 ヘリコプター（helicopter・直升機）

例 飛行機で南へ遊びに行きました。

／搭飛機去南邊玩了。

文法

で［乘坐…；用…］

▶ 表示用的交通工具；或動作的方法、手段。

ひだり～ひる

0560 □□□

ひだり【左】　㊔ 左，左邊；左手

類 左側(ひだりがわ)（左側）　對 右(みぎ)（右方）

例 レストランの左(ひだり)に本屋(ほんや)があります。

／餐廳的左邊有書店。

0561 □□□

ひと【人】　㊔ 人，人類

類 人間(にんげん)（人類）

例 どの人(ひと)が田中(たなか)さんですか。

／哪位是田中先生？

文法

どの［哪…］

▶ 指示連體詞。表示事物的疑問和不確定。

0562 □□□

ひとつ【一つ】　㊔（數）一；一個；一歲

類 一個(いっこ)（一個）

例 間違(まちが)ったところは一(ひと)つしかない。

／只有一個地方錯了。

文法

しか［只，僅僅］

▶ 表示限定。一般帶有因不足而感到可惜、後悔或困擾的心情。

0563 □□□

ひとつき【一月】　㊔ 一個月

類 一ヶ月(いっかげつ)（一個月）

例 あと一月(ひとつき)でお正月(しょうがつ)ですね。

／再一個月就是新年了呢。

文法

ね［呢］

▶ 表示輕微的感嘆，或話中帶有徵求對方認同的語氣。另外也表示跟對方做確認的語氣。

0564 □□□

ひとり【一人】　㊔ 一人；一個人；單獨一個人

對 大勢(おおぜい)（許多人）

例 私(わたし)は去年(きょねん)から一人(ひとり)で東京(とうきょう)に住(す)んでいます。

／我從去年就一個人住在東京。

文法

で［在…；以…］

▶ 表示在某種狀態、情況下做後項的事情。

0565 □□□ **ひま【暇】**

名·形動 時間，功夫；空閒時間，暇餘

類 休み（休假） 對 忙しい（繁忙）

例 今日は午後から暇です。

／今天下午後有空。

0566 □□□ **ひゃく【百】**

Track 2 25

名（數）一百；一百歲

例 瓶の中に五百円玉が百個入っています。

／瓶子裡裝了百枚的五百元日圓。

0567 □□□ **びょういん【病院】**

名 醫院

類 クリニック（clinic・診所）

例 駅の向こうに病院があります。

／車站的另外一邊有醫院。

0568 □□□ **びょうき【病気】**

名 生病，疾病

類 風邪（感冒） 對 元気（健康）

例 病気になったときは、病院へ行きます。

／生病時要去醫院看醫生。

文法

…とき［…的時候…］

▶ 表示與此同時並行發生其他的事情。

0569 □□□ **ひらがな【平仮名】**

名 平假名

類 字（文字） 對 片仮名（片假名）

例 名前は平仮名で書いてください。

／姓名請用平假名書寫。

0570 □□□ **ひる【昼】**

名 中午；白天，白晝；午飯

類 昼間（白天） 對 夜（晚上）

例 東京は明日の昼から雨の予報です。

／東京明天中午後會下雨。

ひるごはん～ふたり

0571 □□□

ひるごはん
【昼ご飯】

㊔ 午餐

類 朝ご飯（早飯）

例 昼ご飯はどこで食べますか。
／中餐要到哪吃？

文法
どこ［哪裡］
▶ 場所指示代名詞。表示場所的疑問和不確定。

0572 □□□

ひろい
【広い】

㊋（面積，空間）廣大，寬廣；（幅度）寬闊；（範圍）廣泛

類 大きい（大） 對 狭い（窄小）

例 私のアパートは広くて静かです。
／我家公寓既寬大又安靜。

文法
形容詞く＋て
▶ 表示句子還沒説完到此暫時停頓和屬性的並列的意思。還有輕微的原因。

ふ

0573 □□□

フィルム
【film】

㊔ 底片，膠片；影片；電影

例 いつもここでフィルムを買います。
／我都在這裡買底片。

0574 □□□

ふうとう
【封筒】

㊔ 信封，封套

類 袋（袋子）

例 封筒にはお金が八万円入っていました。
／信封裡裝了八萬日圓。

0575 □□□

プール
【pool】

㊔ 游泳池

例 どのうちにもプールがあります。
／每家都有游泳池。

文法
にも
▶ 強調格助詞前面的名詞的作用。

0576 □□□

フォーク
【fork】

㊔ 叉子，餐叉

例 ナイフとフォークでステーキを食べます。／用餐刀和餐叉吃牛排。

0577 □□□

ふく【吹く】

自五（風）刮，吹；（緊縮嘴唇）吹氣

類 吸う（吸入）

例 今日は風が強く吹いています。

／今天風吹得很強。

0578 □□□

ふく【服】

名 衣服

類 洋服（西式服裝）

例 花ちゃん、その服かわいいですね。

／小花，妳那件衣服好可愛喔！

0579 □□□

ふたつ【二つ】

名（數）二；兩個；兩歲

類 二個（兩個）

例 黒いボタンは二つありますが、どちらを押しますか。

／有兩顆黑色的按鈕，要按哪邊的？

文法

が

▶ 在向對方詢問、請求、命令之前，作為一種開場白使用。

どちら［哪邊；哪位］

▶ 方向指示代名詞，表示方向的不確定和疑問。也可以用來指人。也可說成「どっち」。

0580 □□□

ぶたにく【豚肉】

名 豬肉

類 ポーク（pork・豬肉）

例 この料理は豚肉と野菜で作りました。

／這道菜是用豬肉和蔬菜做的。

文法

で［用…］

▶ 製作什麼東西時，使用的材料。

0581 □□□

ふたり【二人】

名 兩個人，兩人

例 二人とも、ここの焼肉が好きですか。

／你們兩人喜歡這裡的燒肉嗎？

文法

とも

▶ 強調格助詞前面的名詞的作用。

あ か さ た な は ま や ら わ 練習

ふつか～ベッド

0582 □□□

ふつか【二日】

㊔（每月）二號，二日；兩天；第二天

類 2日間（兩天）

例 二日からは雨になりますね。

／二號後會開始下雨。

文法

名詞に＋なります［變成…］

▶ 表示事物的變化。無意識中物體本身產生的自然變化。

▶ 近 形容動詞に＋なります［變成…］

0583 □□□

ふとい【太い】

㊊ 粗，肥胖

類 厚い（厚的） 對 細い（細瘦）

例 大切なところに太い線が引いてあります。

／重點部分有用粗線畫起來了。

文法

他動詞＋てあります［…著；已…了］

▶ 表示抱著某個目的、有意圖地去執行，當動作結束之後，那一動作的結果還存在的狀態。強調眼前所呈現的狀態。

0584 □□□

ふゆ【冬】

㊔ 冬天，冬季

類 冬休み（寒假） 對 夏（夏天）

例 私は夏も冬も好きです。

／夏天和冬天我都很喜歡。

文法

…も…も［也…，又…］

▶ 用於再累加上同一類型的事物。

0585 □□□

ふる【降る】

自五 落，下，降（雨，雪，霜等）

類 曇る（陰天） 對 晴れる（放晴）

例 雨が降っているから、今日は出かけません。

／因為下雨，所以今天不出門。

文法

…は…ません

▶「は」前面的名詞或代名詞是動作、行為否定的主體。

0586 □□□

ふるい【古い】

㊊ 以往；老舊，年久，老式

對 新しい（新）

例 この辞書は古いですが、便利です。

／這本辭典雖舊但很方便。

0587 □□□
ふろ【風呂】
㊔ 浴缸，澡盆；洗澡；洗澡熱水

類 バス（bath・浴缸，浴室）
例 今日（きょう）はご飯（はん）の後（あと）でお風呂（ふろ）に入（はい）ります。
／今天吃完飯後再洗澡。

文法
のあとで［…後］
▸ 表示完成前項事情之後進行後項行為。

0588 □□□
ふん・ぷん【分】
接尾（時間）…分；（角度）分

例 今（いま）8時（はちじ）45分（よんじゅうごふん）です。／現在是八點四十五分。

へ

0589 □□□
ページ【page】
名・接尾 …頁

類 番号（ばんごう）（號碼）
例 今日（きょう）は雑誌（ざっし）を10ページ読（よ）みました。／今天看了10頁的雜誌。

0590 □□□
Track 2 26
へた【下手】
名・形動（技術等）不高明，不擅長，笨拙

類 不味（まず）い（拙劣） 對 上手（じょうず）（高明）
例 兄（あに）は英語（えいご）が下手（へた）です。
／哥哥的英文不好。

文法
が
▸ 表示好惡、需要及想要得到的對象，還有能或不能做的事情、明白瞭解的事物，以及擁有的物品。

0591 □□□
ベッド【bed】
㊔ 床，床鋪

類 布団（ふとん）（被褥）
例 私（わたし）はベッドよりも布団（ふとん）のほうがいいです。
／比起床鋪，我比較喜歡被褥。

文法
…より…ほう［比起…，更］
▸ 表示對兩件事物進行比較後，選擇後者。

ほうがいい［最好…；還是…為好］
▸ 用在向對方提出建議，或忠告的時候。有時候指的是以後要做的事。
▸ 近 ないほうがいい［最好不要…］

へや～ポスト

0592 □□□

へや【部屋】

㊔ 房間；屋子

類 和室（和式房間）

例 部屋をきれいにしました。

／把房間整理乾淨了。

文法

形容動詞に+します [使變成…]

▸ 表示事物的變化。是人為的、有意圖性的施加作用，而產生變化。

▸ 近 形容詞く＋します [變成…]

0593 □□□

へん【辺】

㊔ 附近，一帶；程度，大致

類 辺り（周圍）

例 この辺に銭湯はありませんか。

／這一帶有大眾澡堂嗎？

0594 □□□

ペン【pen】

㊔ 筆，原子筆，鋼筆

類 ボールペン（ball-point pen・原子筆）

例 ペンか鉛筆を貸してください。

／請借我原子筆或是鉛筆。

文法

…か…[或者…]

▸ 表示在幾個當中，任選其中一個。

0595 □□□

べんきょう【勉強】

名・自他サ 努力學習，唸書

類 習う（學習）

例 金さんは日本語を勉強しています。

／金小姐在學日語。

文法

動詞 + ています

▸ 表示動作或事情的持續，也就是動作或事情正在進行中。

0596 □□□

べんり【便利】

形動 方便，便利

類 役に立つ（方便） 對 不便（不便）

例 あの建物はエレベーターがあって便利です。

／那棟建築物有電梯很方便。

0597 □□□

ほう【方】

㊔ 方向；方面；（用於並列或比較屬於哪一）部類，類型

例 静(しず)かな場所(ばしょ)の方(ほう)がいいですね。

／寧靜的地方比較好啊。

0598 □□□

ぼうし【帽子】

㊔ 帽子

類 キャップ（cap・棒球帽）

例 山(やま)へは帽子(ぼうし)をかぶって行(い)きましょう。

／就戴帽子去爬山吧！

文法

へは

▶ 強調格助詞前面的名詞的作用。

0599 □□□

ボールペン【ball-point pen】

㊔ 原子筆，鋼珠筆

類 ペン（pen・筆）

例 このボールペンは父(ちち)からもらいました。

／這支原子筆是爸爸給我的。

0600 □□□

ほか【外】

名・副助 其他，另外；旁邊，外部；（下接否定）只好，只有

類 よそ（別處）

例 わかりませんね。ほかの人(ひと)に聞(き)いてください。

／我不知道耶。問問看其他人吧！

0601 □□□

ポケット【pocket】

㊔ 口袋，衣袋

類 袋(ふくろ)（袋子）

例 財布(さいふ)をポケットに入(い)れました。

／我把錢包放進了口袋裡。

0602 □□□

ポスト【post】

㊔ 郵筒，信箱

類 郵便(ゆうびん)（郵件）

例 この辺(へん)にポストはありますか。

／這附近有郵筒嗎？

ほそい～ほんとうに

0603 □□□

ほそい
【細い】

形 細，細小；狹窄

類 薄い（厚度薄） 對 太い（肥胖）

例 車が細い道を通るので、危ないです。

／因為車子要開進窄道，所以很危險。

文法

…ので、…[因為…]

▶ 表示原因、理由。是較委婉的表達方式。一般用在客觀的因果關係，所以也容易推測出結果。

0604 □□□

ボタン
【(葡)botão／button】

名 釦子，鈕釦；按鍵

例 白いボタンを押してから、青いボタンを押します。

／按下白色按鈕後，再按藍色按鈕。

0605 □□□

ホテル
【hotel】

名（西式）飯店，旅館

類 旅館（旅館）

例 プリンスホテルに三泊しました。

／在王子飯店住了四天三夜。

0606 □□□

ほん
【本】

名 書，書籍

類 教科書（教科書）

例 図書館で本を借りました。

／到圖書館借了書。

0607 □□□

ほん・ぼん・ぽん
【本】

接尾（計算細長的物品）…支，…棵，…瓶，…條

例 鉛筆が１本あります。

／有一支鉛筆。

0608 □□□

ほんだな
【本棚】

名 書架，書櫃，書櫥

類 棚（架子）

例 本棚の右に小さいいすがあります。

／書架的右邊有張小椅子。

0609 □□□

ほんとう
【本当】

(名·形動) 真正

類 ほんと（真的） 對 嘘（謊言）

例 これは本当のお金ではありません。

／這不是真鈔。

0610 □□□

ほんとうに
【本当に】

(副) 真正，真實

類 実に（實在）

例 お電話を本当にありがとうございました。

／真的很感謝您的來電。

ま まい～まずい

0611 □□□ Track2 27

まい【枚】

接尾（計算平薄的東西）…張，…片，…幅，…扇

例 切符(きっぷ)を２枚(にまい)買(か)いました。
／我買了兩張票。

0612 □□□

まいあさ【毎朝】

名 每天早上

對 毎晩(まいばん)（每天晚上）

例 毎朝(まいあさ)髪(かみ)の毛(け)を洗(あら)ってから出(で)かけます。
／每天早上洗完頭髮才出門。

0613 □□□

まいげつ・まいつき【毎月】

名 每個月

類 月々(つきづき)（每月）

例 毎月(まいつき)　１５日(じゅうごにち)が給料日(きゅうりょうび)です。
／每個月 15 號發薪水。

0614 □□□

まいしゅう【毎週】

名 每個星期，每週，每個禮拜

類 週(しゅう)（星期）

例 毎週(まいしゅう)日本(にほん)にいる彼(かれ)にメールを書(か)きます。
／每個禮拜都寫 e-mail 給在日本的男友。

0615 □□□

まいとし・まいねん【毎年】

名 每年

類 年(とし)（年）

例 毎年(まいとし)友達(ともだち)と山(やま)でスキーをします。
／每年都會和朋友一起到山上滑雪。

0616 □□□

まいにち【毎日】

名 每天，每日，天天

類 日(にち)（天）

例 毎日(まいにち)いい天気(てんき)ですね。
／每天天氣都很好呢。

0617 □□□

まいばん【毎晩】 ㊔ 每天晚上

類 晩（夜）

例 私は毎晩新聞を読みます。それからラジオを聞きます。

／我每晚都看報紙。然後會聽廣播。

文法

それから［然後；還有］

▶ 表示動作順序。連接前後兩件事，按照時間順序發生。另還表示並列。用在列舉事物，再加上某事物。

0618 □□□

まえ【前】 ㊔（空間的）前，前面

類 横（旁邊） 對 後ろ（後面）

例 机の前には何もありません。

／書桌前什麼也沒有。

文法

なにも［也（不）…，都（不）…］

▶ 後接否定。表示全面的否定。

0619 □□□

まえ【前】 ㊔（時間的）…前，之前

類 過ぎ（之後）

例 今 8 時 15 分前です。

／現在差十五分就八點了。（八點的十五分鐘前）

文法

まえ［差…，…前］

▶ 接在表示時間名詞後面，表示比那時間稍前。

0620 □□□

まがる【曲がる】 自五 彎曲；拐彎

類 折れる（轉彎） 對 真っ直ぐ（筆直）

例 この角を右に曲がります。

／在這個轉角右轉。

文法

を

▶ 表示經過或移動的場所。

0621 □□□

まずい【不味い】 ㊉ 不好吃，難吃

類 悪い（不好） 對 美味しい（好吃）

例 冷めたラーメンはまずい。

／冷掉的拉麵真難吃。

0622 □□□

また【又】

副 還，又，再；也，亦；同時

類 そして（又，而且）

例 今日（きょう）の午前（ごぜん）は雨（あめ）ですが、午後（ごご）から曇（くも）りになります。夜（よる）にはまた雨（あめ）ですね。
／今天上午下雨，但下午會轉陰。晚上又會再下雨。

文法
が［但是］
▶ 表示逆接。連接兩個對立的事物，前句跟後句內容是相對立的。

0623 □□□

まだ【未だ】

副 還，尚；仍然；才，不過

對 もう（已經）

例 図書館（としょかん）の本（ほん）はまだ返（かえ）していません。
／還沒還圖書館的書。

文法
まだ［還（沒有）…］
▶ 後接否定。表示預定的事情或狀態，到現在都還沒進行，或沒有完成。

0624 □□□

まち【町】

名 城鎮；町

類 都会（とかい）（都市） 對 田舎（いなか）（鄉下）

例 町（まち）の南側（みなみがわ）は緑（みどり）が多（おお）い。／城鎮的南邊綠意盎然。

0625 □□□

まつ【待つ】

他五 等候，等待；期待，指望

類 待（ま）ち合（あ）わせる（等候碰面）

例 いっしょに待（ま）ちましょう。／一起等吧！

0626 □□□

まっすぐ【真っ直ぐ】

副・形動 筆直，不彎曲；一直，直接

對 曲（ま）がる（彎曲）

例 まっすぐ行（い）って次（つぎ）の角（かど）を曲（ま）がってください。
／直走，然後在下個轉角轉彎。

0627 □□□

マッチ【match】

名 火柴；火材盒

類 ライター（lighter・打火機）

例 マッチでたばこに火（ひ）をつけた。／用火柴點煙。

0628 □□□

まど【窓】

㊔ 窗戶

例 風で窓が閉まりました。
／風把窗戶給關上了。

文法
…で[因為…]
▶ 表示原因、理由。

0629 □□□

まるい【丸い・円い】

㊏ 圓形，球形

對 四角い（四角）

例 丸い建物があります。／有棟圓形的建築物。

0630 □□□

まん【万】

㊔（數）萬

例 ここには120万ぐらいの人が住んでいます。
／約有120萬人住在這裡。

文法
ぐらい[大約，左右，上下]
▶ 表示數量上的推測、估計。一般用在無法預估正確的數量，或是數量不明確的時候。

0631 □□□

まんねんひつ【万年筆】

㊔ 鋼筆

例 胸のポケットに万年筆をさした。
／把鋼筆插進了胸前的口袋。

み

0632 □□□

みがく【磨く】

他五 刷洗，擦亮；研磨，琢磨

類 洗う（洗滌）

例 お風呂に入る前に、歯を磨きます。
／洗澡前先刷牙。

文法
まえに[…之前，先…]
▶ 表示動作的順序，也就是做前項動作之前，先做後項的動作。

あ か さ た な は ま や ら わ 練習

みぎ～みなみ

0633 □□□

みぎ【右】

㊔ 右，右側，右邊，右方

類 右側（右側） 對 左（左邊）

例 地下鉄は右ですか、左ですか。

／地下鐵是在右邊？還是左邊？

文法

…か、…か［是…，還是…］

▶ 表示從不確定的兩個事物中，選出一樣來。

0634 □□□

みじかい【短い】

形（時間）短少；（距離，長度等）短，近

類 低い（低；矮） 對 長い（長）

例 暑いから、髪の毛を短く切りました。

／因為很熱，所以剪短了頭髮。

0635 □□□

みず【水】

㊔ 水；冷水

類 ウォーター（water・水） 對 湯（開水）

例 水をたくさん飲みましょう。／要多喝水喔！

0636 □□□

みせ【店】

㊔ 店，商店，店鋪，攤子

28

類 コンビニ（convenience store 之略・便利商店）

例 あの店は何という名前ですか。

／那家店名叫什麼？

文法

…という［叫做…］

▶ 表示說明後面事物、人或場所的名字。一般是說話者或聽話者一方，或者雙方都不熟悉的事物。

0637 □□□

みせる【見せる】

他下一 讓…看，給…看

類 見る（看）

例 先週友達に母の写真を見せました。

／上禮拜拿了媽媽的照片給朋友看。

0638 □□□

みち【道】

㊔ 路，道路

類 通り（馬路）

例 あの道は狭いです。／那條路很窄。

0639 □□□

みっか【三日】

名（每月）三號；三天

類 3日間（三天）

例 三日から寒くなりますよ。

／三號起會變冷喔。

文法

形容詞く＋なります［變成…］

▶ 表示事物的變化。

よ［…喔］

▶ 請對方注意，或使對方接受自己的意見時，用來加強語氣。

0640 □□□

みっつ【三つ】

名（數）三；三個；三歲

類 三個（三個）

例 りんごを三つください。

／給我三顆蘋果。

文法

…を…ください［我要…，給我…］

▶ 表示想要什麼的時候，跟某人要求某事物。

0641 □□□

みどり【緑】

名 綠色

類 グリーン（green・綠色）

例 緑のボタンを押すとドアが開きます。

／按下綠色按鈕門就會打開。

0642 □□□

みなさん【皆さん】

名 大家，各位

類 皆（大家）

例 えー、皆さんよく聞いてください。

／咳！大家聽好了。

0643 □□□

みなみ【南】

名 南，南方，南邊

類 南方（南方）　對 北（北方）

例 私は冬が好きではありませんから、南へ遊びに行きます。

／我不喜歡冬天，所以要去南方玩。

文法

…へ…に

▶ 表示移動的場所與目的。

あ か さ た な は ま や ら わ 練習

みみ～もう

0644 □□□

みみ【耳】

㊔ 耳朵

例 木曜日（もくようび）から耳（みみ）が痛（いた）いです。

／禮拜四以來耳朵就很痛。

0645 □□□

みる【見る】

他上一 看，觀看，察看；照料；參觀

類 聞（き）く（聽到）

例 朝（あさ）ご飯（はん）の後（あと）でテレビを見（み）ました。

／早餐後看了電視。

文法

のあとで［…後］

▸ 表示完成前項事情之後進行後項行為。

0646 □□□

みんな

㊔ 大家，各位

類 皆（みな）さん（大家）

例 みんなこっちに集（あつ）まってください。／大家請到這裡集合。

む

0647 □□□

むいか【六日】

㊔（每月）六號，六日；六天

類 6日間（むいかかん）（六天）

例 六日（むいか）は何時（なんじ）まで仕事（しごと）をしますか。

／你六號要工作到幾點？

0648 □□□

むこう【向こう】

㊔ 前面，正對面；另一側；那邊

類 あちら（那邊） 對 こちら（這邊）

例 交番（こうばん）は橋（はし）の向（む）こうにあります。

／派出所在橋的另一側。

文法

…は…にあります［…在…］

▸ 表示某物或人存在某場所。也就是無生命事物的存在場所。

0649 □□□

むずかしい【難しい】

形 難，困難，難辦；麻煩，複雜

類 大変（たいへん）（費力） 對 易（やさ）しい（容易）；簡単（かんたん）（簡單）

例 このテストは難（むずか）しくないです。／這考試不難。

讀書計劃：□□／□□

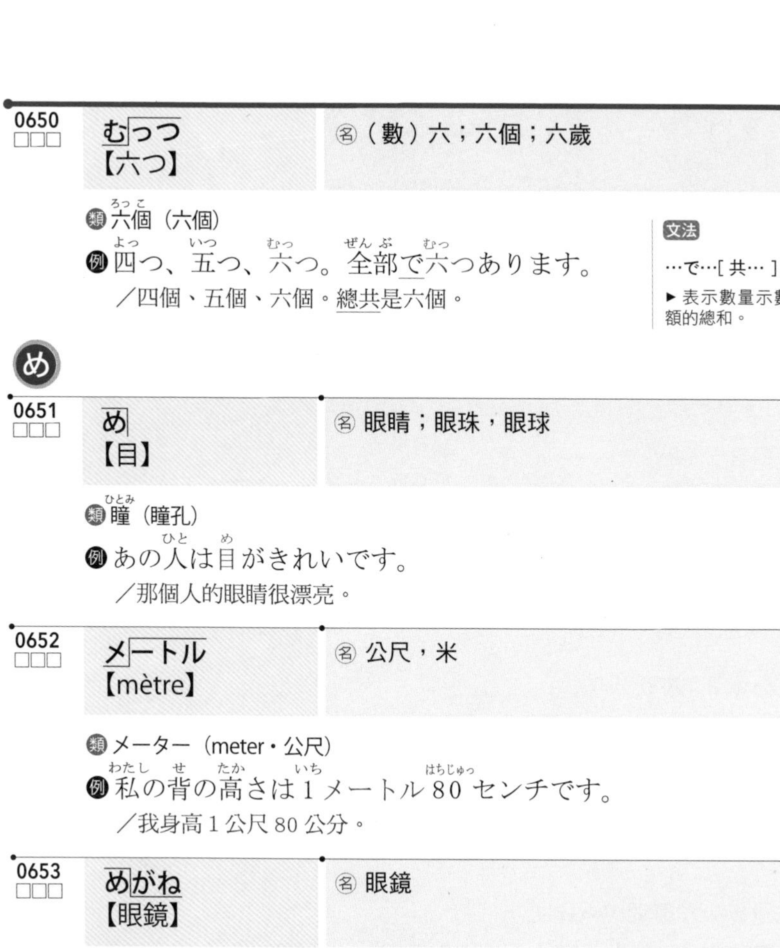

0650 □□□

むっつ【六つ】

名（數）六；六個；六歲

類 六個(ろっこ)（六個）

例 四(よっ)つ、五(いつ)つ、六(むっ)つ。全部(ぜんぶ)で六(むっ)つあります。

／四個、五個、六個。總共是六個。

文法

…で…[共…]

▶ 表示數量示數量、金額的總和。

め

0651 □□□

め【目】

名 眼睛；眼珠，眼球

類 瞳(ひとみ)（瞳孔）

例 あの人(ひと)は目(め)がきれいです。

／那個人的眼睛很漂亮。

0652 □□□

メートル【mètre】

名 公尺，米

類 メーター（meter・公尺）

例 私(わたし)の背(せ)の高(たか)さは1(いち)メートル80(はちじゅっ)センチです。

／我身高1公尺80公分。

0653 □□□

めがね【眼鏡】

名 眼鏡

類 サングラス（sunglasses・太陽眼鏡）

例 眼鏡(めがね)をかけて本(ほん)を読(よ)みます。

／戴眼鏡看書。

も

0654 □□□

もう

副 另外，再

類 あと（再）

例 もう一度(いちど)ゆっくり言(い)ってください。

／請慢慢地再講一次。

もう～もんだい

0655 □□□

もう

副 已經；馬上就要

類 もうすぐ（馬上） 對 未だ（還未）

例 もう12時です。寝ましょう。

／已經12點了。快睡吧！

文法

もう［已經…了］

▶ 後接肯定。表示行為、事情到了某個時間已經完了。

0656 □□□

もうす【申す】

他五 叫做，稱；說，告訴

類 言う（說）

例 はじめまして、楊と申します。

／初次見面，我姓楊。

0657 □□□

もくようび【木曜日】

名 星期四

類 木曜（週四）

例 今月の7日は木曜日です。

／這個月的七號是禮拜四。

0658 □□□

もしもし

感（打電話）喂；喂〈叫住對方〉

類 あのう（請問〈叫住對方〉）

例 もしもし、山本ですが、山田さんはいますか。

／喂！我是山本，請問山田先生在嗎？

0659 □□□

もつ【持つ】

他五 拿，帶，持，攜帶

類 置く（留下） 對 捨てる（丟棄）

例 あなたはお金を持っていますか。

／你有帶錢嗎？

0660 □□□

もっと

副 更，再，進一步

類 もう（再）

例 いつもはもっと早く寝ます。／平時還更早睡。

0661 □□□ **もの【物】**

㊔（有形）物品，東西；（無形的）事物

類 飲み物（飲料）

例 あの店にはどんな物があるか教えてください。

／請告訴我那間店有什麼東西？

文法

どんな［什麼樣的］

▶ 用在詢問事物的種類、內容。

0662 □□□ **もん【門】**

㊔ 門，大門

類 出口（出口）

例 この家の門は石でできていた。

／這棟房子的大門是用石頭做的。

0663 □□□ **もんだい【問題】**

㊔ 問題；（需要研究，處理，討論的）事項

類 試験（考試） 對 答え（答案）

例 この問題は難しかった。

／這道問題很困難。

や～ゆうはん

0664 □□□

や
【屋】

名・接尾 房屋；…店，商店或工作人員

Track 2 29

類 店（店）

例 すみません、この近くに魚屋はありますか。
／請問一下，這附近有魚販嗎？

0665 □□□

やおや
【八百屋】

名 蔬果店，菜舖

例 八百屋へ野菜を買いに行きます。
／到蔬果店買蔬菜去。

文法
へ［往…，去…］
▶前接跟地方有關的名詞，表示動作、行為的方向。同時也指行為的目的地。

0666 □□□

やさい
【野菜】

名 蔬菜，青菜

類 果物（水果）

例 子どものとき野菜が好きではありませんでした。／小時候不喜歡吃青菜。

0667 □□□

やさしい
【易しい】

形 簡單，容易，易懂

類 簡単（簡單） 對 難しい（困難）

例 テストはやさしかったです。／考試很簡單。

0668 □□□

やすい
【安い】

形 便宜，（價錢）低廉

類 低い（低的） 對 高い（貴）

例 あの店のケーキは安くておいしいですね。
／那家店的蛋糕既便宜又好吃呀。

0669 □□□

やすみ
【休み】

名 休息；假日，休假；停止營業；缺勤；睡覺

類 春休み（春假）

例 明日は休みですが、どこへも行きません。
／明天是假日，但哪都不去。

文法
どこへも［也（不）…，都（不）…］
▶下接否定。表示全面的否定。

0670 □□□

やすむ【休む】

(他五·自五) 休息，歇息；停歇；睡，就寢；請假，缺勤

類 寝(ね)る（就寢） 對 働(はたら)く（工作）

例 疲(つか)れたから、ちょっと休(やす)みましょう。

／有點累了，休息一下吧。

0671 □□□

やっつ【八つ】

(名)（數）八；八個；八歲

類 八個(はっこ)（八個）

例 アイスクリーム、全部(ぜんぶ)で八(やっ)つですね。

／一共八個冰淇淋是吧。

文法

で［共…］

▶ 表示數量示數量、金額的總和。

0672 □□□

やま【山】

(名) 山；一大堆，成堆如山

類 島(しま)（島嶼） 對 海(うみ)（海洋）

例 この山(やま)には桜(さくら)が100本(ひゃっぽん)あります。

／這座山有一百棵櫻樹。

0673 □□□

やる

(他五) 做，進行；派遣；給予

類 する（做）

例 日曜日(にちようび)、食堂(しょくどう)はやっています。／禮拜日餐廳有開。

ゆ

0674 □□□

ゆうがた【夕方】

(名) 傍晚

類 夕暮(ゆうぐ)れ（黃昏）

例 夕方(ゆうがた)まで妹(いもうと)といっしょに庭(にわ)で遊(あそ)びました。

／我和妹妹一起在院子裡玩到了傍晚。

0675 □□□

ゆうはん【夕飯】

(名) 晚飯

類 晩(ばん)ご飯(はん)（晚餐）

例 いつも9時(くじ)ごろ夕飯(ゆうはん)を食(た)べます。／經常在九點左右吃晚餐。

ゆうびんきょく～よぶ

0676 □□□

ゆうびんきょく【郵便局】　㊔ 郵局

例 今日(きょう)は午後(ごご)郵便局(ゆうびんきょく)へ行(い)きますが、銀行(ぎんこう)へは行(い)きません。
／今天下午會去郵局，但不去銀行。

0677 □□□

ゆうべ【夕べ】　㊔ 昨天晚上，昨夜；傍晚

類 昨夜(さくや)（昨晚）　對 今晩(こんばん)（今晚）

例 太郎(たろう)はゆうべ晩(ばん)ご飯(はん)を食(た)べないで寝(ね)ました。
／昨晚太郎沒有吃晚餐就睡了。

> 文法
> …ないで［沒…反而…］
> ▶ 表示附帶的狀況；也表示並列性的對比，後面的事情大都是跟預料、期待相反的結果。

0678 □□□

ゆうめい【有名】　形動 有名，聞名，著名

類 知(し)る（認識，知道）

例 このホテルは有名(ゆうめい)です。／這間飯店很有名。

0679 □□□

ゆき【雪】　㊔ 雪

類 雨(あめ)（雨）

例 あの山(やま)には一年中(いちねんじゅう)雪(ゆき)があります。
／那座山整年都下著雪。

> 文法
> じゅう［整…］
> ▶ 表示整個時間上的期間一直怎樣，或整個空間上的範圍之內。

0680 □□□

ゆっくり　副 慢，不著急

類 遅(おそ)い（慢）　對 速(はや)い（迅速的）

例 もっとゆっくり話(はな)してください。／請再講慢一點！

よ

0681 □□□

ようか【八日】　㊔（每月）八號，八日；八天

類 8日間(ようかかん)（八天）

例 今日(きょう)は四日(よっか)ですか、八日(ようか)ですか。／今天是四號？還是八號？

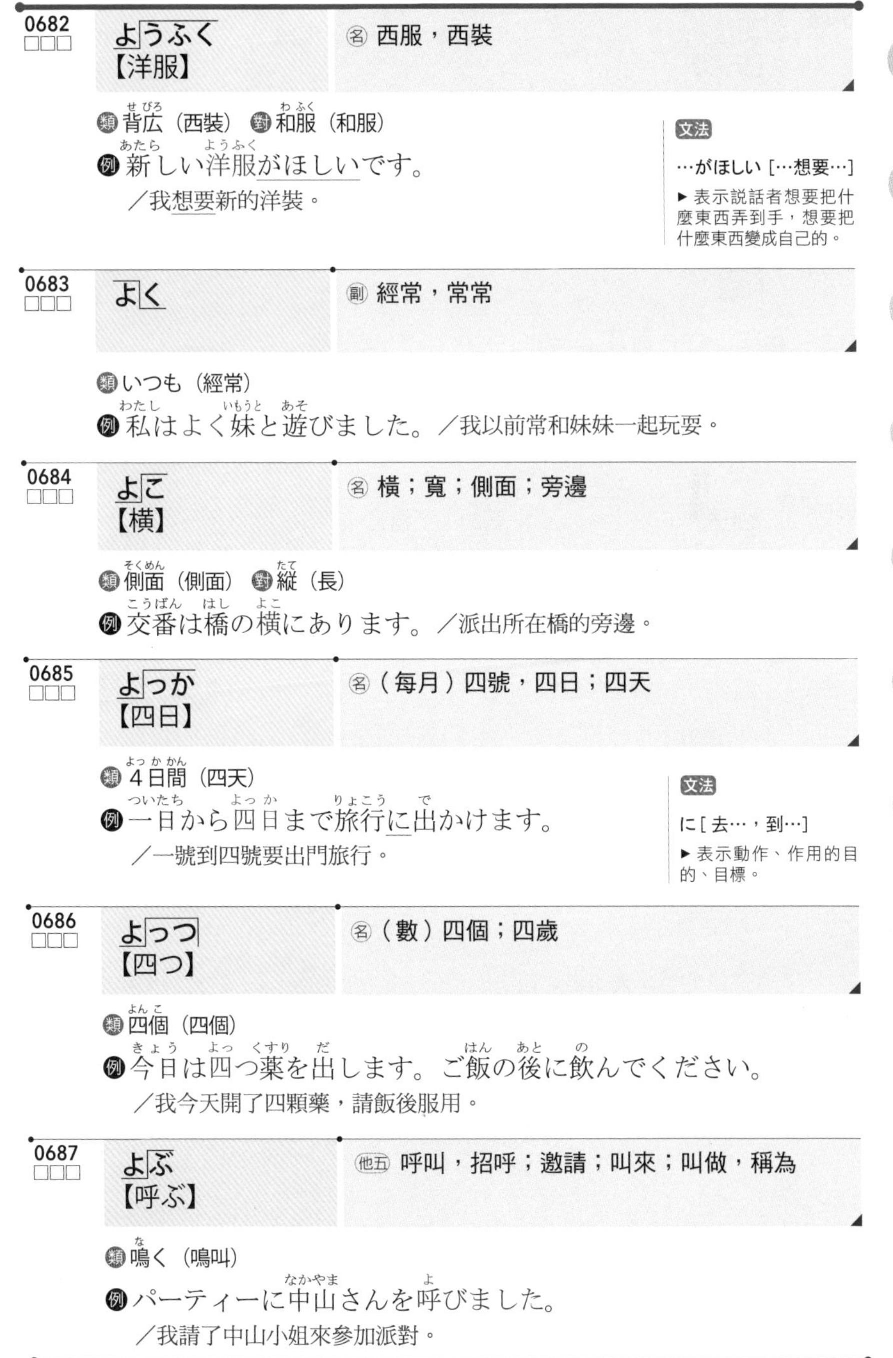

0682 □□□

ようふく【洋服】

㊔ 西服，西裝

類 背広（西裝） 對 和服（和服）

例 新しい洋服がほしいです。

／我想要新的洋裝。

文法

…がほしい［…想要…］

▶ 表示說話者想要把什麼東西弄到手，想要把什麼東西變成自己的。

0683 □□□

よく

副 經常，常常

類 いつも（經常）

例 私はよく妹と遊びました。／我以前常和妹妹一起玩耍。

0684 □□□

よこ【横】

㊔ 橫；寬；側面；旁邊

類 側面（側面） 對 縦（長）

例 交番は橋の横にあります。／派出所在橋的旁邊。

0685 □□□

よっか【四日】

㊔（每月）四號，四日；四天

類 4日間（四天）

例 一日から四日まで旅行に出かけます。

／一號到四號要出門旅行。

文法

に［去…，到…］

▶ 表示動作、作用的目的、目標。

0686 □□□

よっつ【四つ】

㊔（數）四個；四歲

類 四個（四個）

例 今日は四つ薬を出します。ご飯の後に飲んでください。

／我今天開了四顆藥，請飯後服用。

0687 □□□

よぶ【呼ぶ】

他五 呼叫，招呼；邀請；叫來；叫做，稱為

類 鳴く（鳴叫）

例 パーティーに中山さんを呼びました。

／我請了中山小姐來參加派對。

あ か さ た な は ま や ら わ 練習

よむ～りっぱ

0688 □□□

よむ【読む】

㊀他五 閱讀，看；唸，朗讀

類 見る（觀看） 對 書く（書寫）

例 私は毎日、コーヒーを飲みながら新聞を読みます。

／我每天邊喝咖啡邊看報紙。

0689 □□□

よる【夜】

㊔名 晚上，夜裡

類 晩（晚上） 對 昼（白天）

例 私は昨日の夜友達と話した後で寝ました。

／我昨晚和朋友聊完天後，便去睡了。

文法

たあとで［…以後…］

▶ 表示前項的動作做完後，相隔一定的時間發生後項的動作。

0690 □□□

よわい【弱い】

形 弱的；不擅長

類 下手（不擅長） 對 強い（強）

例 女は男より力が弱いです。

／女生的力量比男生弱小。

文法

…は…より［…比…］

▶ 表示對兩件性質相同的事物進行比較後，選擇前者。

0691 □□□

らいげつ【来月】　㊔ 下個月

Track 2 30

對 先月（上個月）

例 私の子どもは来月から高校生になります。

／我孩子下個月即將成為高中生。

0692 □□□

らいしゅう【来週】　㊔ 下星期

對 先週（上星期）

例 それでは、また来週。

／那麼，下週見。

文法

それでは［那麼］

▶ 表示順態發展。根據對方的話，再說出自己的想法。或某事物的開始或結束，以及與人分別的時候。

0693 □□□

らいねん【来年】　㊔ 明年

類 年（年；歲）　對 去年（去年）

例 来年京都へ旅行に行きます。

／明年要去京都旅行。

0694 □□□

ラジオ【radio】　㊔ 收音機；無線電

例 ラジオで日本語を聞きます。

／用收音機聽日語。

0695 □□□

りっぱ【立派】　形動 了不起，出色，優秀；漂亮，美觀

類 結構（極好）　對 粗末（粗糙）

例 私は立派な医者になりたいです。

／我想成為一位出色的醫生。

文法

たい［…想要做…］

▶ 表示說話者內心希望某一行為能實現，或是強烈的願望。疑問句時表示聽話者的願望。

あ か さ た な は ま や ら わ 練習

りゅうがくせい～ろく

0696 □□□
りゅうがくせい
【留学生】
㊔ 留學生

例 日本(にほん)の留学生(りゅうがくせい)から日本語(にほんご)を習(なら)っています。
／我現在在跟日本留學生學日語。

0697 □□□
りょうしん
【両親】
㊔ 父母，雙親

類 親(おや)（雙親）
例 ご両親(りょうしん)はお元気(げんき)ですか。／您父母親近來可好？

0698 □□□
りょうり
【料理】
名・自他サ 菜餚，飯菜；做菜，烹調

類 ご馳走(ちそう)（大餐）
例 この料理(りょうり)は肉(にく)と野菜(やさい)で作(つく)ります。／這道料理是用肉和蔬菜烹調的。

0699 □□□
りょこう
【旅行】
名・自サ 旅行，旅遊，遊歷

類 旅(たび)（旅行）
例 外国(がいこく)に旅行(りょこう)に行(い)きます。
／我要去外國旅行。

文法
…に…に
▶表示移動的場所與目的。

れ

0700 □□□
れい
【零】
㊔（數）零；沒有

類 ゼロ（zero・零）
例 一対〇(いったいれい)で負(ま)けた。／一比零輸了。

0701 □□□
れいぞうこ
【冷蔵庫】
㊔ 冰箱，冷藏室，冷藏庫

例 牛乳(ぎゅうにゅう)は冷蔵庫(れいぞうこ)にまだあります。
／冰箱裡還有牛奶。

文法
まだ［還…；還有…］
▶後接肯定。表示同樣的狀態，從過去到現在一直持續著。另也表示還留有某些時間或東西。

讀書計劃：□□／□□

0702 □□□

レコード
【record】

㊔ 唱片，黑膠唱片（圓盤形）

類 ステレオ（stereo・音響）

例 古(ふる)いレコードを聞(き)くのが好(す)きです。

／我喜歡聽老式的黑膠唱片。

0703 □□□

レストラン
【（法）restaurant】

㊔ 西餐廳

類 食堂(しょくどう)（食堂）

例 明日(あした)は誕生日(たんじょうび)だから友達(ともだち)とレストランへ行(い)きます。

／明天是生日，所以和朋友一起去餐廳。

0704 □□□

れんしゅう
【練習】

名・他サ 練習，反覆學習

類 勉強(べんきょう)（用功學習）

例 何度(なんど)も発音(はつおん)の練習(れんしゅう)をしたから、発音(はつおん)はきれいになった。

／因為不斷地練習發音，所以發音變漂亮了。

文法

…も…［又；也］

▶ 表示數量比一般想像的還多，有強調多的作用。含有意外的語意。

形容動詞に＋なります

▶ 表示事物的變化。

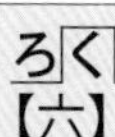

0705 □□□

ろく
【六】

㊔（數）六；六個

類 六(むっ)つ（六個）

例 明日(あした)の朝(あさ)、六時(ろくじ)に起(お)きますからもう寝(ね)ます。

／明天早上六點要起床，所以我要睡了。

わ ワイシャツ～わるい

0706 □□□
Track 2 31

ワイシャツ【white shirt】
㊔ 襯衫

類 シャツ（shirt・襯衫）
例 このワイシャツは誕生日にもらいました。
／這件襯衫是生日時收到的。

0707 □□□

わかい【若い】
形 年輕；年紀小；有朝氣

類 元気（朝氣） 對 年寄り（年老的）
例 コンサートは若い人でいっぱいだ。
／演唱會裡擠滿了年輕人。

文法
で［在…；以…］
▶ 表示在某種狀態、情況下做後項的事情。

0708 □□□

わかる【分かる】
自五 知道，明白；懂得，理解

類 知る（知道；理解）
例「この花はあそこにおいてください。」
「はい、分かりました。」
／「請把這束花放在那裡。」「好，我知道了。」

文法
あそこ［那裡］
▶ 場所指示代名詞。指離說話者和聽話者都遠的場所。

0709 □□□

わすれる【忘れる】
他下一 忘記，忘掉；忘懷，忘卻；遺忘

對 覚える（記住）
例 彼女の電話番号を忘れた。
／我忘記了她的電話號碼。

0710 □□□

わたす【渡す】
他五 交給，交付

類 あげる（給） 對 取る（拿取）
例 兄に新聞を渡した。／我拿了報紙給哥哥。

0711 □□□

わたる【渡る】
自五 渡，過（河）；（從海外）渡來

類 通る（走過）
例 この川を渡ると東京です。／過了這條河就是東京。

讀書計劃：□□／□□

0712 □□□

わ[る]い【悪い】

㊊ 不好，壞的；不對，錯誤

類 不味い（不好）；下手（笨拙） 對 良い（好）

例 今日は天気が悪いから、傘を持っていきます。

／今天天氣不好，所以帶傘出門。

MEMO

N5 TEST JLPT

＊以「國際交流基金日本國際教育支援協會」的「新しい『日本語能力試験』ガイドブック」為基準的三回「文字・語彙　模擬考題」。

もんだい１　漢字讀音問題　應試訣竅

這一題要考的是漢字讀音問題。出題形式改變了一些，但考點是一樣的。問題從舊制的20題減為12題。

漢字讀音分音讀跟訓讀，預估音讀跟訓讀將各佔一半的分數。音讀中要注意的有濁音、長短音、促音、撥音…等問題。而日語固有讀法的訓讀中，也要注意特殊的讀音單字。當然，發音上有特殊變化的單字，出現比率也不低。我們歸納分析一下：

1.音讀：接近國語發音的音讀方法。如：「花」唸成「か」、「犬」唸成「けん」。

2.訓讀：日本原來就有的發音。如：「花」唸成「はな」、「犬」唸成「いぬ」。

3.熟語：由兩個以上的漢字組成的單字。如：練習、切手、毎朝、見本、為替等。
其中還包括日本特殊的固定讀法，就是所謂的「熟字訓読み」。如：「小豆」（あずき）、「土産」（みやげ）、「海苔」（のり）等。

4.發音上的變化：字跟字結合時，產生發音上變化的單字。如：春雨（はるさめ）、反応（はんのう）、酒屋（さかや）等。

もんだい1　＿＿＿の　ことばは　どう　よみますか。1・2・3・4から　いちばん　いい　ものを　ひとつ　えらんで　ください。

1　あなたの　すきな　番号は　なんですか。

1　ばんこう　　2　ばんごお　　3　ばんごう　　4　ばんご

2　えきの　となりに　交番が　あります。

1　こうばん　　2　こうはん　　3　こおばん　　4　こばん

3　車を　うんてんする　ことが　できますか。

1　くりま　　2　くろま　　3　くるま　　4　くらま

4 わたしの　クラスには　<u>七月</u>　うまれの　ひとが　5人も　います。
1 ななつき　　2 ななガつ　　3 しちがつ　　4 しちつき

5 いつ　<u>結婚</u>する　つもりですか。
1 けっこん　　2 けこん　　3 けうこん　　4 けんこん

6 かべの　<u>時計</u>が　とまって　いますよ。
1 とけえ　　2 どけい　　3 とけい　　4 どけえ

7 <u>字引</u>を　もって　くるのを　わすれました。
1 じひぎ　　2 じびき　　3 じびぎ　　4 じぴき

8 まだ　4さいですが、かんじで　<u>名前</u>を　かくことが　できます。
1 なまい　　2 なまえ　　3 なまへ　　4 おなまえ

9 この　<u>紙</u>は　だれのですか。
1 かみ　　2 がみ　　3 かま　　4 がま

10 <u>音楽</u>の　じゅぎょうが　いちばん　すきです。
1 おんかぐ　　2 おんがく　　3 おんかく　　4 おんがぐ

11 <u>庭</u>に　となりの　ネコが　はいって　きました。
1 にわ　　2 には　　3 なわ　　4 なは

12 まいつき　<u>十日</u>には　レストランで　しょくじを　します。
1 とうが　　2 とおか　　3 とうか　　4 とか

あ か さ た な は ま や ら わ 練習

もんだい2　漢字書寫問題　應試訣竅

這一題要考的是漢字書寫問題。出題形式改變了一些，但考點是一樣的。問題預估為８題。

這道題要考的是音讀漢字跟訓讀漢字，預估將各佔一半的分數。音讀漢字考點在識別詞的同音異字上，訓讀漢字考點在掌握詞的意義，及該詞的表記漢字上。

解答方式，首先要仔細閱讀全句，從句意上判斷出是哪個詞，浮想出這個詞的表記漢字，確定該詞的漢字寫法。也就是根據句意確定詞，根據詞意來確定字。如果只看畫線部分，很容易張冠李戴，要小心。

もんだい２　＿＿＿の　ことばは　どう　かきますか。１・２・３・４から　いちばん　いい　ものを　ひとつ　えらんで　ください。

13　きってを　かいに　いきます。

1　切手　　2　功毛　　3　切于　　4　功手

14　この　ふくは　もう　あらって　ありますか。

1　洋って　　2　汁って　　3　洗って　　4　流って

15　ぼーるぺんで　かいて　ください。

1　ボールペン　　2　ボールペニ　　3　ボールペソ　　4　ボーレペン

16　ぽけっとに　なにが　はいって　いるのですか。

1　ポケット　　2　プケット　　3　パクット　　4　ピクット

17　おとうとは　からい　ものを　たべることが　できません。

1　辛い　　2　甘い　　3　甘い　　4　幸い

18 すーぱーへ　ぎゅうにゅうを　かいに　いきます。

1 スーポー　　2 クーポー　　3 ヌーパー　　4 スーパー

19 くらいですから　きを　つけて　ください。

1 暗らい　　2 暗い　　3 明らい　　4 明い

20 きょうしつの　でんきが　つきません。

1 電气　　2 電気　　3 雷气　　4 雷気

あ
か
さ
た
な
は
ま
や
ら
わ
練習

もんだい3　選擇符合文脈的詞彙問題　應試訣竅

這一題要考的是選擇符合文脈的詞彙問題。這是延續舊制的出題方式，問題預估為10題。

這道題主要測試考生是否能正確把握詞義，如類義詞的區別運用能力，及能否掌握日語的獨特用法或固定搭配等等。預測名詞、動詞、形容詞、副詞的出題數都有一定的配分。另外，外來語也估計會出一題，要多注意。

由於我們的國字跟日本的漢字之間，同形同義字佔有相當的比率，這是我們得天獨厚的地方。但相對的也存在不少的同形不同義的字，這時候就要注意，不要太拘泥於國字的含義，而混淆詞義。應該多從像「暗号で送る」（用暗號發送）、「絶対安静」（得多靜養）、「口が堅い」（口風很緊）等日語固定的搭配，或獨特的用法來做練習才是。以達到加深對詞義的理解、觸類旁通、豐富詞彙量的目的。

もんだい３（　　　）に　なにを　いれますか。１・２・３・４から　いちばん　いい　ものを　ひとつ　えらんで　ください。

21　ほんだなに　にんぎょうが　おいて　（　　　）。

1　います　　2　おきます　　3　あります　　4　いきます

22　あの　せんせいは　（　　　）ですから、しんぱいしなくて　いいですよ。

1　すずしい　　2　やさしい　　3　おいしい　　4　あぶない

23 「すみません、この　にくと　たまごを　（　　　　）。ぜんぶで　いくらですか。」

「ありがとう　ございます。1,200えんです。」

1 かいませんか　　2 かいたくないです
3 かいたいです　　4 かいました

24 からだが　よわいですから、よく　（　　　　）を　のみます。

1 びょうき　2 のみもの　3 ごはん　4 くすり

25 その　えいがは　（　　　　）ですよ。

1 つらかった　2 きたなかった　3 まずかった　4 つまらなかった

26 いまから　ピアノの　（　　　　）　いきます。

1 ならうに　2 するに　3 れんしゅうに　4 のりに

27 （　　　　）　プレゼントを　かえば　いいと　おもいますか。

1 どんな　2 なにの　3 どれの　4 どうして

28 （　　　　）が　たりません。すわれない　ひとが　います。

1 たな　2 さら　3 いえ　4 いす

29 「すみません。たいしかんまで　どれぐらいですか。」

「そうですね、だいたい　2（　　　　）ぐらいですね。」

1 グラム　2 キロメートル　3 キログラム　4 センチ

30 おかあさんの　おとうさんは　（　　　　）です。

1 おじさん　2 おじいさん　3 おばさん　4 おばあさん

もんだい4　替換同義詞　應試訣竅

這一題要考的是替換同義詞，或同一句話不同表現的問題，這是延續舊制的出題方式，問題預估為 5 題。

這道題的題目預測會給一個句子，句中會有某個關鍵詞彙，請考生從四個選項句中，選出意思跟題目句中該詞彙相近的詞來。看到這種題型，要能馬上反應出，句中關鍵字的類義跟對義詞。如：太る（肥胖）的類義詞有肥える、肥る…等；太る的對義詞有やせる…等。

這對這道題，準備的方式是，將詞義相近的字一起記起來。這樣，透過聯想記憶來豐富詞彙量，並提高答題速度。

另外，針對同一句話不同表現的「換句話説」問題，可以分成幾種不同的類型，進行記憶。例如：

比較句

○中小企業は大手企業より資金力が乏しい。

○大手企業は中小企業より資金力が豊かだ。

分裂句

○今週買ったのは、テレビでした。

○今週は、テレビを買いました。

○部屋の隅に、ごみが残っています。

○ごみは、部屋の隅にまだあります。

敬語句

○お支払いはいかがなさいますか。

○お支払いはどうなさいますか。

同概念句

○夏休みに桜が開花する。

○夏休みに桜が咲く。

…等。

也就是把「換句話説」的句子分門別類，透過替換句的整理，來提高答題正確率。

もんだい４　＿＿＿のぶんと　だいたい　おなじ　いみの　ぶんが　あります。１・２・３・４から　いちばん　いい　ものを　ひとつ　えらんで　ください。

31　ゆうべは　おそく　ねましたから、　けさは　11じに　おきました。

1　きのうは　11じに　ねました。
2　きょうは　11じまで　ねて　いました。
3　きのうは　11じまで　ねました。
4　きょうは　11じに　ねます。

32　この　コーヒーは　ぬるいです。

1　この　コーヒーは　あついです。
2　この　コーヒーは　つめたいです。
3　この　コーヒーは　あつくないし、つめたくないです。
4　この　コーヒーは　あつくて、つめたいです。

33　あしたは　やすみですから、もう　すこし　おきて　いても　いいです。

1　もう　ねなければ　いけません。
2　まだ　ねて　います。
3　まだ　ねなくても　だいじょうぶです。
4　もう　すこしで　おきる　じかんです。

34　びじゅつかんに　いく　ひとは　この　さきの　かどを　みぎに　まがってください。

1　びじゅつかんに　いく　ひとは　この　まえの　かどを　まがって　ください。
2　びじゅつかんに　いくひとは　この　うしろの　かどを　まがって　ください。
3　びじゅつかんに　いく　ひとは　この　よこの　かどを　まがって　ください。
4　びじゅつかんに　いく　ひとは　この　となりの　かどを　まがって　ください。

35　きょねんの　たんじょうびには　りょうしんから　とけいを　もらいました。

1　１ねん　まえの　たんじょうびに　とけいを　あげました。
2　２ねん　まえの　たんじょうびに　とけいを　あげました。
3　この　とけいは　１ねん　まえの　たんじょうびに　もらった　ものです。
4　この　とけいは　２ねん　まえの　たんじょうびに　もらった　ものです。

もんだい1　＿＿＿の　ことばは　どう　よみますか。1・2・3・4から　いちばん　いい　ものを　ひとつ　えらんで　ください。

1　まだ　外国へ　いったことが　ありません。

1　かいごく　　2　がいこぐ　　3　がいごく　　4　がいこく

2　きのうの　ゆうしょくは　不味かったです。

1　まづかった　　2　まついかった　　3　まずかった　　4　まずいかった

3　3じに　友達が　あそびに　きます。

1　ともだち　　2　おともだち　　3　どもたち　　4　どもだち

4　再来年には　こうこうせいに　なります。

1　さいらいねん　　2　おととし　　3　らいねん　　4　さらいねん

5　えんぴつを　三本　かして　ください。

1　さんぽん　　2　さんほん　　3　さんぼん　　4　さんっぽん

6　その　箱は　にほんから　とどいた　ものです。

1　はこ　　2　ぱこ　　3　ばこ　　4　ばご

7　どんな　果物が　すきですか。

1　くだもん　　2　くだもの　　3　くたもの　　4　ぐたもの

8　えきの　入口は　どこですか。

1　はいりぐち　　2　いりくち　　3　いりぐち　　4　いるぐち

9 おじいちゃんは　いつも　万年筆で　てがみを　かきます。

1　まねんひつ　　2　まんねんひつ　　3　まんねんびつ　　4　まんねんぴつ

10 ほんやで　辞書を　かいました。

1　しじょ　　2　じしょう　　3　じっしょ　　4　じしょ

11 きょうは　夕方から　あめが　ふりますよ。

1　ゆかた　　2　ゆうがだ　　3　ゆうかだ　　4　ゆうがた

12 わたしは　コーヒーに　砂糖を　いれません。

1　さと　　2　さとお　　3　さいとう　　4　さとう

もんだい2　＿＿＿の　ことばは　どう　よみますか。1・2・3・4から　いちばん　いい　ものを　ひとつ　えらんで　ください。

13　これが　りょこうに　もって　いく　にもつです。

1　荷勿　　2　荷物　　3　何物　　4　苻物

14　おおきい　はこですが、かるいですよ。

1　経るい　　2　経い　　3　軽るい　　4　軽い

15　おじいちゃんは　まいげつ　びょういんに　いきます。

1　毎年　　2　毎月　　3　毎週　　4　毎回

16　まるい　テーブルが　ほしいです。

1　九るい　　2　九い　　3　丸るい　　4　丸い

17　わたしは　10さいから　めがねを　しています。

1　眼境　　2　眼鏡　　3　目鏡　　4　目竟

18　こんばんは　かえるのが　おそく　なります。

1　今夜　　2　今晩　　3　今日　　4　今朝

19　おきゃくさんが　げんかんで　まって　います。

1　玄関　　2　玄門　　3　玄間　　4　玄開

20　まっちで　ひを　つけます。

1　マッチ　　2　ムッテ　　3　ムッチ　　4　マッテ

もんだい３（　　　）に　なにを　いれますか。１・２・３・４から
いちばん　いい　ものを　ひとつ　えらんで　ください。

21 きゅうに　そらが　（　　　）　きました。

1 ふって　2 おりて　3 さがって　4 くもって

22 にわで　ねこが　ないて　（　　　）。

1 おきます　2 あります　3 います　4 いります

23 としょしつは　5かいに　ありますから、そこの　かいだんを
（　　　）ください。

1 くだって　2 さがって　3 のぼって　4 あがって

24 すみません、いちばん　ちかい　ちかてつの　えきは　どちらに
（　　　）。

1 いきますか　2 いけますか　3 おりますか　4 ありますか

25 あさに　くだものの　（　　　）を　のむのが　すきです。

1 パーティー　2 ジュース　3 パン　4 テーブル

26 テキストの　25ページを　（　　　）　ください。

1 おいて　2 あけて　3 あいて　4 しめて

27 ゆうがたから　つめたくて　つよい　かぜが　（　　　）きました。

1 ふって　2 きって　3 とんで　4 ふいて

28 （　　　）　やまださんの　ほんですか。

1　なにが　　2　どちらが　　3　どなたが　　4　だれが

29 そこの　かどを　（　　　）　ところが　わたしの　いえです。

1　いって　　2　いった　　3　まがって　　4　まがった

30 「すみません。この　（　　　）を　まっすぐ　いくと　だいがくに　つきますか。」

「はい、つきますよ。」

1　かわ　　2　みち　　3　ひま　　4　くち

もんだい４　＿＿＿のぶんと　だいたい　おなじ　いみの　ぶんが　あります。１・２・３・４から　いちばん　いい　ものを　ひとつ　えらんで　ください。

31　<u>えいごの　しゅくだいは　きょうまでに　やる　つもりでした</u>。

1　えいごの　しゅくだいは　きょうから　ぜんぶ　しました。
2　えいごの　しゅくだいは　もう　おわりました。
3　えいごの　しゅくだいは　まだ　できて　いません。
4　えいごの　しゅくだいは　きょうまでに　おわりました。

32　<u>さいふが　どこにも　ありません</u>。

1　どこにも　さいふは　ないです。
2　どちらの　さいふも　ありません。
3　どこかに　さいふは　あります。
4　どこに　さいふが　あるか　きいて　いません。

33　<u>この　じどうしゃは　ふるいので　もう　のりません</u>。

1　この　じどうしゃは　ふるいですが、まだ　のります。
2　この　じどうしゃは　あたらしいので、まだ　つかいます。
3　この　じどうしゃは　あたらしいですが　つかいません。
4　この　じどうしゃは　ふるいですので、もう　つかいません。

34　<u>おちゃわんに　はんぶんだけ　ごはんを　いれて　ください</u>。

1　おちゃわんに　はんぶんしか　ごはんを　いれないで　ください。
2　おちゃわんに　はんぶん　ごはんが　はいって　います。
3　おちゃわんに　はんぶん　ごはんを　いれて　あげます。
4　おちゃわんに　はんぶんだけ　ごはんを　いれて　くれました。

35 まだ　7じですから　もう　すこし　あとで　かえります。

1　もう　7じに　なったので、いそいで　かえります。

2　まだ　7じですから、もう　すこし　ゆっくりして　いきます。

3　7じですから、もう　かえらなければ　いけません。

4　まだ　7じですが、もう　かえります。

もんだい１　＿＿＿の　ことばは　どう　よみますか。１・２・３・４から　いちばん　いい　ものを　ひとつ　えらんで　ください。

1　おかあさんは　<u>台所</u>に　いますよ。

1　たいどころ　　2　だいところ　　3　たいところ　　4　だいどころ

2　<u>一昨年</u>から　すいえいを　ならって　います。

1　おととし　　2　おとうとい　　3　おとうとし　　4　おととい

3　<u>赤い</u>　コートが　ほしいです。

1　あおい　　2　くろい　　3　あかい　　4　しろい

4　<u>九時</u>ごろに　おとうさんが　かえって　きます。

1　くじ　　2　きゅうじ　　3　くっじ　　4　じゅうじ

5　ともだちに　<u>手紙</u>を　かいて　います。

1　てかみ　　2　でがみ　　3　てがみ　　4　おてかみ

6　<u>封筒</u>に　いれて　おくりますね。

1　ふっとう　　2　ふうと　　3　ふうとう　　4　ふうとお

7　いもうとを　<u>病院</u>に　つれて　いきます。

1　びょういん　　2　びょうい　　3　ぴょういん　　4　ぴょうい

8　「すみません、<u>灰皿</u>　ありますか。」

1　へいさら　　2　はいさら　　3　はいざら　　4　はえざら

9 こどもは　がっこうで　<u>平仮名</u>を　ならって　います。

1　ひらがな　　2　ひらかな　　3　ひいらがな　　4　ひんらがな

10 <u>今晩</u>は　なにか　よていが　ありますか。

1　こんはん　　2　ごんはん　　3　こばん　　4　こんばん

11 かいしゃへ　いく　ときは、<u>背広</u>を　きます。

1　ぜひろ　　2　せひろ　　3　せぴろ　　4　せびろ

12 かのじょは　わたしが　はじめて　おしえた　<u>生徒</u>です。

1　せいとう　　2　せいと　　3　せえと　　4　せへと

もんだい2 ＿＿＿の ことばは どう かきますか。1・2・3・4から いちばん いい ものを ひとつ えらんで ください。

13 いえを でる まえに しんぶんを よみます。

1 聞新　2 新文　3 親聞　4 新聞

14 あめの ひは きらいです。

1 嫌い　2 兼い　3 兼らい　4 嫌らい

15 ごごは ぷーるへ いく つもりです。

1 パール　2 プーレ　3 プール　4 ペーレ

16 てんきが いいので、せんたくします

1 先濯　2 流躍　3 洗躍　4 洗濯

17 がっこうの もんの まえに はなが さいて います。

1 門　2 問　3 間　4 関

18 かいじょうには おおぜいの ひとが います。

1 多熱　2 多勢　3 大勢　4 太勢

19 じぶんの へやが ありますか。

1 倍屋　2 部渥　3 部屋　4 部握

20 すこし せまいですが、だいじょうぶですか。

1 狭い　2 峡い　3 挟い　4 小い

もんだい３（　　　）に　なにを　いれますか。１・２・３・４から　いちばん　いい　ものを　ひとつ　えらんで　ください。

21 おとうとは　おふろから　でると、（　　　）ぎゅうにゅうを　のみます。

1 いっぱい　　2 いっこ　　3 いっちゃく　　4 いちまい

22 きの　うしろに　（　　　）どうぶつが　いますよ。

1 どれか　　2 なにか　　3 どこか　　4 これか

23 あしたは　ゆきが　（　　　）。

1 さがるでしょう　　2 おりるでしょう

3 ふるでしょう　　4 はれるでしょう

24 となりの　おばあちゃんが　おかしを　（　　　）。

1 もらいました　　2 くれました

3 あげました　　4 ちょうだいしました

25 えきの　ちかくには　スーパーも　デパートも　あって　とても（　　　）。

1 へんです　　2 わかいです　　3 べんりです　　4 わるいです

26 いもうとは　いつも　（　　　）に　あめを　いれて　います。

1 ボタン　　2 レコード　　3 ステーキ　　4 ポケット

27 たいふうが　きましたので、でんしゃが　（　　　）。

1 とめました　　2 やみました　　3 やりました　　4 とまりました

28 あしたは　にほんごの　テストですね。テストの　じゅんびは　（　　　）。

1 どうですか　2　なにですか　3　どうでしたか　4　どうしましたか

29 きのう　ふるい　ざっしを　あねから　（　　　）。

1 あげました　2　くれます

3 ちょうだいします　4　もらいました

30 そこの　さとうを　（　　　）　くださいませんか。

1 さって　2　きって　3　とって　4　しって

もんだい4　＿＿＿のぶんと　だいたい　おなじ　いみの　ぶんが　あります。1・2・3・4から　いちばん　いい　ものを　ひとつ　えらんで　ください。

31　<u>この　ことは　だれにも　いって　いません。</u>

1　この　ことは　だれからも　きいて　いません。

2　この　ことは　だれも　いいません。

3　この　ことは　だれにも　おしえて　いません。

4　この　ことは　だれかに　いいました。

32　<u>デパートへ　いきましたが、しまって　いました。</u>

1　デパートへ　いきましたが、しめました。

2　デパートへ　いきましたが、きえて　いました。

3　デパートへ　いきましたが、あいて　いませんでした。

4　デパートへ　いきましたが、あけて　いませんでした。

33　<u>きょうは　さむくないですから　ストーブを　つけません。</u>

1　きょうは　さむいですが、ストーブを　けしません。

2　きょうは　さむいので　ストーブを　けします。

3　きょうは　あたたかいので　ストーブを　つかいません。

4　きょうは　あたたかいですが、ストーブを　つかいます。

34 <u>あの　おべんとうは　まずくて　たかいです</u>。

1　あの　おべんとうは　おいしくて　やすいです。

2　あの　おべんとうは　おいしくて　たかいです。

3　あの　おべんとうは　おいしくなくて　やすいです。

4　あの　おべんとうは　おいしくなくて　たかいです。

35 <u>こんげつは　11にちから　1しゅうかん　やすむ　つもりです</u>。

1　11にちまで　1しゅうかん　やすんで　います。

2　こんげつの　11にちまで　1しゅうかん　やすみます。

3　こんげつは　11にちから　18にちまで　やすみます。

4　こんげつは　いつかから　11にちまで　やすみます。

第一回

問題 1

1	3	2	1	3	3	4	3	5	1
6	3	7	2	8	2	9	1	10	2
11	1	12	2						

問題 2

13	1	14	3	15	1	16	1	17	1
18	4	19	2	20	2				

問題3

21	3	22	2	23	3	24	4	25	4
26	3	27	1	28	4	29	2	30	2

問題4

31	2	32	3	33	3	34	1	35	3

第二回

問題 1

1	4	2	3	3	1	4	4	5	3
6	1	7	2	8	3	9	2	10	4
11	4	12	4						

問題 2

13	2	14	4	15	2	16	4	17	2
18	2	19	1	20	1				

問題3

21	4	22	3	23	3	24	4	25	2
26	2	27	4	28	2	29	4	30	2

問題4

31	3	32	1	33	4	34	1	35	2

第三回

問題 1

1	4	2	1	3	3	4	1	5	3
6	3	7	1	8	3	9	1	10	4
11	4	12	2						

問題 2

13	4	14	1	15	3	16	4	17	1
18	3	19	3	20	1				

問題3

21	1	22	2	23	3	24	2	25	3
26	4	27	4	28	1	29	4	30	3

問題4

31	3	32	3	33	3	34	4	35	3

精修 重音版

新制對應 絕對合格！日檢必背單字 N5

[25K＋附QR Code線上音檔＋實戰MP3]

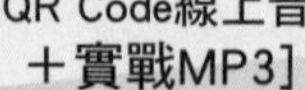

【日檢智庫QR碼 01】

■ 發行人／林德勝

■ 著者／吉松由美・小池直子・山田社日檢題庫小組

■ 出版發行／山田社文化事業有限公司
臺北市大安區安和路一段112巷17號7樓
電話　02-2755-7622
傳真　02-2700-1887

■ 郵政劃撥／ 19867160號　大原文化事業有限公司

■ 總經銷／ 聯合發行股份有限公司
新北市新店區寶橋路235巷6弄6號2樓
電話　02-2917-8022
傳真　02-2915-6275

■ 印刷／上鎰數位科技印刷有限公司

■ 法律顧問／林長振法律事務所　林長振律師

■ 書＋QR Code＋MP3／定價　新台幣385元

■ 初版／2022年 07 月

© ISBN : 978-986-246-693-3

STS
山田社

STS
山田社

STS
山田社

STS
山田社